启真馆 出品

中国风景
一个记者的新闻漫记

陆彩荣　著

ZHEJIANG UNIVERSITY PRESS
浙江大学出版社

写在前面的话

日月之行，白云苍狗。

洪波涌起，星汉灿烂。

人类被誉为万物之灵长，秉天地精华而生。

但作为个体之人，生逢什么样的时代，实在不是自主选择的结果，而是父母之愿、上苍天意的机缘安排。

所幸，我们生逢一个追梦寻梦的时代，东方文明古国灿烂新生的时代。泱泱五千年的中华之国，面对近现代列强的压迫，奋起抗争，实现了新生。曲折探索之余，革故鼎新，励精图治，开始了民族复兴、志圆中国梦的壮丽征程。中国一梦，惊艳世界。

诚如基辛格博士在《世界秩序》一书中所说："21世纪中国的'崛起'并非新生事物，而是历史的重现。与过去不同的是，中国重回世界舞台中心，既是作为一个古老文明的传承者，也是作为依照威斯特伐利亚模式行事的现代大国。它既保持了君临'天下'的传统理念，也通过技术治国追求现代化。"他还指出："中国走过的路将对人类产生深远的影响。"

所幸，在这个伟大的历史进程中，我们没有被抛下。因为工作关系，主要是作为一名记者，自己既是时代变迁的亲历者、见证者，更是风云际会的记录者。

月明星稀之时，心中不免暗生自豪，能够选择记者这一职业，能够见证并记录九州大地壮丽的成长，哪怕只是这首宏伟交响曲中极其微小的一部分，哪怕只是时代的冰山一角，笔端墨尖也无法按捺喜悦之情，字里行间也难以掩饰激动。

这毕竟是红星照耀中国后，古老文明迸发出的无限生机与活力，洋溢着人间的正能量。王者归来，众星拱月。

伴随着21世纪的脚步，中国将担任更多的角色，承担更多的责任和使命。

然而，大国的成长，从来都不是一帆风顺的。

但大国的成长，从来又都是无法遏制的。

何况，中国的成长只是一个大国的复苏，一个古老文明的新生。大道之行也，天下为公。坚持着和平发展道路的中国，正在为构建人类命运共同体不懈奋斗。

世界经济合作与发展组织在一份有关世界经济的千年统计中发现：过去的2000年中，其中有1800年中国占世界国内生产总值的比例都要超过任何一个欧洲国家；直至1820年，中国占世界国内生产总值的比例仍大于30%，超过了西欧、东欧和美国国内生产总值的总和。

虽然今天中国经济发展迅猛，跻身全球第二大经济体，但其总量在全球经济中的比重还不足30%。而200年前，中国的经济规模就已经占到全球总量的三成。仅仅从这个意义上说，中国的成长空间仍然巨大。

还是基辛格博士道出了其中的奥妙："中国已经成长为一个经济超级大国和塑造全球政治秩序的重要力量。"

岁月之痕，难以忘怀。

此中有真意，欲辨已忘言。

笔墨当随时代，心中常怀感恩。

此时不由想起阳明先生那句遗世明言：此心光明，亦复何言？！

中国在成长，在爬坡。

欲穷千里目，更上一层楼。

会当凌绝顶，一览众山小。

风光总在绝佳处，风景这边独好。

是故，书名化为《中国风景》。

谨以此集，献给这个寻梦追梦践梦的伟大而美好的新时代。

2017 年 9 月　北京百万庄

目 录

经典中国

悄悄地，2001 年就要离我们而远行。我们轻轻地挥手，告别新世纪的第一个春夏秋冬。

2001 年的中国很美——3 月北京的春风里，第十个五年计划（以下简称"十五计划"）的《国民经济和社会发展第十个五年计划纲要》顺利通过，新世纪开端的畅想变成了火热的现实。中国现代化的第三步战略目标开始有了坚实的行动。

2001 年的中国很热——中国共产党建党 80 周年在神州大地刮起了红色旋风；没有共产党，就没有新中国；没有共产党，就没有中国的现代化。始终代表中国先进生产力的发展要求、始终代表中国先进文化的前进方向、始终代表中国最广大人民的根本利益，这成为新世纪中国执政党的最高追求。

2001 年的中国很火——"7·13"之夜北京申奥成功，狂喜漫过神州。更高、更快、更强，不正是今日奋发图强的中国的追求？世界给了中国一个机会，中国将还给世界一个奇迹。

2001 年的中国很灿烂——亚太经济合作组织（APEC）会议在上海召开。当唐装穿在亚太经合组织各成员领导人的身上，当喜庆的焰火在黄浦江岸边欢乐地升腾，世界从中国找回了信心。

2001 年的中国很开放——深秋波斯湾的海浪划破经济合作化的大潮，世界贸易组织（WTO）以热烈的掌声欢迎迟来的中国。观察家们以各种不同的语言表达了世界的感受：中国此时"入世"，给世界带来了信心；中国此时"入世"，是世贸组织发展史上的里程碑；中国此时"入世"，值得庆贺！

2001 年，中国活力四射；2001 年，中国生机勃勃。从奥林匹克的竞技场到世界经济的大舞台，新世纪已经给了我们充分施展身手的机会，给了中国一个新的亮丽的起点，给了一个追求伟大复兴的民族辉煌的开端。

其实，2001 年的中国并不轻松。股市的走低，出口增幅的下滑，入世的挑战，世界经济增速放缓的影响，"9·11"恐怖袭击对世界的震撼……都在分散我们前行的注意力。

2001，是一种结束，更是一种开始。未来的路还很漫长，未来的发展还很曲折。机遇与挑战并存，争取更多的机遇，是我们追求的发端。

努力啊，人们！看好中国，不要让世界失望，不要让机遇从我们的指缝间溜走。好的开端是成功的一半。在这辞旧迎新的时节，让我们打点心情，整备知识，埋头思考，励精图治，让新的春天成为我们新奋斗的起点。

（原载 2001 年 12 月 31 日《光明日报》）

迎着新世纪起飞 *

"春风春雨花经眼，江北江南水拍天"，凝聚着全国人民的智慧，凝聚着中国人民建设现代化强国的伟大理想，在经过全国人民代表大会审议后，21世纪中国第一个五年计划于3月15日在首都北京顺利通过。雷鸣般的掌声，如浩荡的春风从雄伟的人民大会堂中飘出，飘向绿色的原野，飘向人民的心田，传递着新世纪春的消息。

最是一年春好时，无边盛事满神州。走向新世纪的中国人民，从此有了团结奋斗的新的共同行动纲领，雄伟的中国新世纪交响乐从此奏响了气势磅礴的第一乐章。

大思路：加快发展加速推进现代化

20世纪后期，中国人民用自己的勤劳和智慧，在人类发展史上抒写了崭新的篇章。占世界总人口四分之一的中国人民实现了现代化的第二步战略目标，人均国民生产总值达到了800美元。程思远代表说，新旧世纪交替之际，中国发生了天翻地覆的变化。经过20多年的改革开放，经济建设有

---

* 本文原载 2001 年 3 月 16 日《光明日报》，文中数字、人物职务和职称以及机构名称等信息均以当日信息为准。

了迅速发展，中国人民更加自豪了。

但是，我国毕竟还是一个发展水平较低的发展中国家，人均收入水平还处在世界中低收入国家行列，人均国内生产总值（GDP）排在世界100位之后。在我们广大的农村，还有一部分人口需要摆脱贫困；在我们的城市，还有一部分下岗职工没有实现再就业。小平同志反复强调，中国解决所有问题的关键要靠自己的发展。

中国的发展离不开思想的解放。中科院上海分院院长汤章诚代表指出，在"十五"乃至今后的发展中，要大力弘扬解放思想、敢为人先和坚韧不拔的精神，敢于突破并发展传统理论、概念、方法和技术，营造促进创新的环境，提高我们的综合竞争能力。

在两会召开之前，全国政协副主席陈锦华在中国经济发展论坛上演讲时就指出，以提高经济效益为中心，对经济结构进行战略性调整，推动经济体制和经济增长方式的根本转变，这就是新世纪中国经济发展的大思路。

"十五"对中国来说，是一个非常重要的发展时期。中国加入世界贸易组织已是大势所趋，大局已定。更充分地融入世界经济大潮中，将为中国的发展带来新的机遇、新的挑战。这挑战不仅是政府、企业的，更是全体国民的。在今后的发展中，我们必须以世界贸易组织的规则和规章为基础来从事各项工作。我们必须尽快建立起全社会的信用观念，培养良好的商业道德，建立健全的市场秩序。

以"十五"计划的实施为标志，中国人民在新世纪的第一个春天开始了迈向全面建设小康社会，并加快推进现代化新的发展阶段。正如青海团代表喇秉礼所说，国家在"九五"奠定的坚实物质基础上制订"十五"计划，目标非常宏伟，令人振奋。经过全国人民的团结奋斗，宏伟的蓝图一定会成为现实。

大计划：以人为本，关注民生

翻开"十五"计划纲要大本，我们仿佛看到了祖国美好的明天。国家发展计划委员会主任曾培炎在两会期间告诉中外记者，中国的第十个五年计划是一个"以人为本"的计划，五年以后，中国老百姓的生活水平将会有很大的提高。

"十五"计划承诺：五年以后，城镇居民人均年收入将超过8000元人民币，农村居民年均纯收入超过3000元人民币；绿化、生态环境也都有相应的奋斗目标。

"十五"国民经济和社会发展计划的主要指标有38个，除了传统的经济指标外，还有很多新指标，这反映出人民生活的水平和国家持续发展的潜力。澳门代表杨允中评价说："这些令人耳目一新。"

江苏省无锡市市长吴新雄代表认为，"十五"计划最集中的着力点还是强国富民，人民要富起来，国家要强盛起来，就要坚定地走改革开放之路。他说：我们每天都在接受考试，我们的评价老师是历史和人民。学生考试不及格，可以补考；我们考试不及格，就没有补考的机会，有些损失是无法弥补的。

上海市市长徐匡迪代表指出，经济发展的后劲是九亿农民提高收入。改革开放之初，正是农村的经济体制改革刺激了农民收入的增加，进而启动了市场。现在，中国经济要提升档次，提高发展水平，也必须下功夫增加农民收入。中国庞大的农村市场是中国经济发展广阔的后备增长空间。

来自香港的倪少杰代表对中国的发展自有一番见地。"十五"计划蓝图宏伟，令人振奋，特别是南水北调、西电东送、西气东输、青藏铁路等重大工程，都是了不起的战略决策。以往神话般的梦想，不久都将成为灿烂的现实。相信"十五"计划实现之日，将是中国在世界经济舞台上扮演更重要角色之时。

大跨越：发挥后发优势实现超前发展

"十五"计划，是新世纪的第一个五年计划，它从指导思想到工作方针，都有了新的追求、新的目标。

从南国到北疆，从东海之滨到青藏高原，芳菲消息到，神州春潮涌。

在乘改革开放风气之先的珠江之滨，在生机盎然的黄浦江两岸，在川流不息的京沪高速公路两旁，我们已经从这些排头兵的身上感受到了中国现代化的勃勃生机。

听听他们的心声吧，让我们感受一下奋进的激情："十五"期间，广东将发展外向型经济作为重点，实现新的跨越；江苏将解决"富民"作为突出任务，使人民更快地富裕起来，从改革和发展的成果中得到更多的实惠；上海将抓住中国加入世界贸易组织、全球技术革命、新一轮基础设施建设以及2001年秋天亚太经济合作组织大会的机遇，增强城市竞争力，拓展发展空间。

驾乘西部大开发的春风，辽阔的中西部各省、区、市以生态保护和建设为基础，加大了发展力度，寻求后发优势，实现跨越式发展。广西将充分发挥大西南出海通道的区位优势，使之成为活跃的经济增长点。四川决心经过十年努力，把天府之国建成西部经济强省和长江上游生态屏障。彩云之南将因地制宜，发挥十里不同天的自然条件多样性优势，求得新的发展。

在东北老工业基地，"十五"期间将继续加大国有企业改革步伐，侧重建立较为规范的现代企业制度，巩固和扩大三年改革与脱困的成果，让亮点更亮……

五年，在历史的长河中只是短暂的一瞬。中华人民共和国以五年为历史阶梯，向着一个伟大的目标进击——实现中华民族的伟大复兴！

"十五"打基础，辉煌看未来。我们已经跨进21世纪，迈上了向现代化建设第三步战略目标进军的新征程。沐浴着新时代的春风，我们站在历史的新起点，迎着新世纪起飞！

"阳春布德泽，万物生光辉。"任何艰难险阻都阻挡不了中国人民前进的步伐！这，就是中国人民的坚强意志；这，就是中国人民万众一心、奔向未来的坚定心声！

福建土楼：文化的保护与传承 *

在福建西部，也就是在简称"闽西"的大山深处，留存着成千上万座封闭式的民居。这些民居或圆或方，或五角或八卦，形状不一，但都是用当地的黄土经反复捣固，加上竹片木块等材料建造的，因此，又称为围屋或土楼。

围屋或土楼里住着从河南、山西、陕西等地躲避战乱和灾荒而来的中原汉民，因此又称"客家人"。客家人的祖先都是从西晋到清代共5次大规模南迁而来的，因此，他们又都古风古意，保存着许多古老的风俗。客家人后来又不断寻找新的生存空间，足迹遍布世界，目前已经有过亿客家人在世界各地生存并发展着。

2008年，以永定、南溪为主的福建土楼联合申报世界文化遗产。其独特的建筑设计、奇妙的创造智慧、浓郁的东方文化风韵，获得了世界各国专家评委的一致好评，一举获选成为世界文化遗产，福建土楼也就因此而一举成名天下知。

当然，当地人更愿意以另一个版本来渲染土楼成名的原因，这个版本说的是，某年美国卫星忽然发现福建西部山山

＊本文原载2012年1月31日《中国报道》杂志，文中数字、人名、地名以及人物职称和职务等信息均以当日信息为准。

水水间有一些疑似核弹发射架的建筑，美国军方甚是不安，遂密派要员前往侦察，于是福建土楼就出了名。

但不管怎么说，如今的福建土楼已经声名远播，享誉海内外。2010年，仅永定一县，游客人数已经突破180万，农民人均年收入也从四五年前的四五千元，增长到一万元左右。在福建漳州、龙岩等地，路边标语牌上时常可见"工业强市、农业稳市、旅游活市"的口号，表达了当地人对旅游的认知。

土楼建筑文化的两大看点

深秋时节，借着去厦门参加海峡两岸图书交易会的机会，友人邀约前往土楼一探。土楼成千上万，但土楼中的名楼却屈指可数，当中尤以漳州"四菜一汤"建筑最为出名。上网查阅福建土楼，多半都能看到这"四菜一汤"的靓姿。

车出厦门，一路西行，在南靖出口下高速公路，又穿越崇山峻岭，经过绿柚飘香、柿子火红的山岭人家，约摸三个小时后，我们到达"四菜一汤"的所在地——一处山间高地。当地人用木栅栏围出一处观景台，建起了旅游点，游客每人交纳一百元门票后，便可在这里俯瞰这一著名的土楼群落。所谓"四菜一汤"是当地五座土楼的形象叫法。青山环抱、梯田环绕的山坳间，四座圆形土楼围住中间一座方形土楼，便有人起了这么一个很直白也很形象的名字。山高楼远，游人们纷纷拿起大大小小的相机，对着山下的景点狂拍。绿树红柿映衬下的土楼，倒也平添了许多美意。

离"四菜一汤"约摸四十分钟行程，又有两个土楼中的"名角儿"。一个是承启楼，中国国家邮政局曾专门为其出过邮票。还有一个就是有"土楼中的王子"美誉的振成楼。承启楼与振成楼都是典型的圆形土楼，外墙为泥土竹木结构，里边则用砖木建造。承启楼里面又大圆套小圆，分为四圈，总共有四百间房，中间则是土楼的核心：公共祭堂。承启楼内现在住着50多户人家，共200多人。每家一至四楼一个单元。一楼为客厅饭堂，二楼为粮仓，三楼四楼为睡房。

我们进入土楼地区的时候一路上都是阴天，但踏进承启楼不久，善解人意的傍晚的迷人阳光就从厚厚的云层里探出身来，喜气洋洋地映照着美丽的土楼。温柔敦厚的阳光映照在圆形的土楼上，映照在古老的木结构门窗上，映照在圆形木长廊上高挂的大红灯笼上，立刻，吉祥喜气在土楼间弥漫开来，在数码相机里晕化开来，在游人的心灵深处荡漾开来。我们在心底里深深地感谢上苍的体恤和眷顾，让我们这些万里迢迢前来拜望的游人感受到了土楼最美好的时光。

与承启楼一样，振成楼也是位于山谷里，前面均有空阔的广场，青龙白虎双山环抱左右，背后群山耸立，门前一弯池塘横斜，风景秀丽，印象极佳。振成楼依八卦而建，呈辐射形分为八等份，内外两圈，中间是议事堂，兼具戏台等多项功能。其他土楼地面一般为木板结构，人行其上，吱呀作响，振成楼地面用青砖铺就，人行其上，静寂无声；其他土楼一般开二道门，振成楼则开"天地人"三门；其他土楼楼内打一口井，振成楼在八卦阴阳两个卦眼处开有两口井，且一高一低一阴一阳一清一浊，甚是奇妙。振成楼内八卦设有间隔，每卦从一楼到四楼用砖墙隔开，且设有木门，户闭自成院落，门开连成一体，形成小家庭大社会和谐统一的布局。承启楼以江姓为主，楼宽直径71米，高4层，圆4圈，全楼400间房，最多时楼内曾住过80多户，共600多人；振成楼则以林姓居要，楼宽直径51米，外环4层每层40间房，共160间，内环两层每层12间房，共24间，全楼现住14户，共70多口人。楼里院士、官员、学者、商贾辈出。

振成楼楼主之一的林日耕今年60多岁了，中等身材，身健体康，他在林家七子女中排行老小。其兄姐国内外天各一方，其父独留他看家务农，把持基业，楼内上上下下都称其为阿耕。阿耕是土楼讲解员，为游人讲解，已经成为福建土楼的代言人。他上过电视登过报纸进过电台，如今已经是土楼的魅力导游。他将自己的命运、自己一家的命运、楼内人们的命运与土楼紧紧地融合在一起，讲得声情并茂。他告诉我们，振成楼有一个规矩：小孩出生时，胎盘要埋在土楼一楼的门坎下。长大了，家长会告诉孩子，这里就是他的根。因此，无论他走到天涯还是海角，土楼都永远跟他在一起。

土楼人是为躲避战乱而来，在大山深处，创造出这一独特的建筑样式，上小下大，墙砖厚度在1.3米至1.5米之间，防贼防震又防风。阿耕告诉我们，福建土楼有两大看点，一是建筑结构，二是文化样式。文化则深藏在土楼的深处。土楼里有许多对联，起到了文化传承的作用。振成楼有一名联"干国家事，读圣贤书"，可谓杰出代表。

当现代城市深陷水泥钢筋中，文化特色日益减少时，福建土楼以其巨大的创造力与精湛的建造技艺，深深地吸引了世界各地的游人。我们在土楼参观的时候，外国游人不断，就是一个最好的证明。世界文化的发展，人类文明的创造，是需要世界各国人民发挥自己的聪明才智，不断创新的。

土楼文化面临现代生活方式的挑战

历经了数百年的风吹雨打，福建土楼傲然挺立于群山之间，成为世界文化的瑰宝。随着现代化的发展，随着城乡的全面进步，土楼也面临着生存压力。

首先，土楼内逐群而居、门户相连、房间内没有卫生设施的居住方式，受到现代青年一代追求独立、相对单独的生活观念与生活方式的冲击。在土楼周边，早已出现更多的非土楼建筑，砖瓦水泥结构、简洁方块样式的普通住宅样式，成为山里人更主流的生活追求。

其次，土楼建造方式受到现代化大生产的冲击。传统土楼建造工艺复杂，耗时较长。土楼的基础是打造土墙砖，土墙砖一般厚度在 1.3 米至 1.5 米之间，高 40 厘米至 50 厘米，长 90 厘米左右，要将当地砂土、黏土等多种土质混合夯压，土砖间再掺以木条、竹片等加固。土楼内见不到烟囱，烟道在建墙时就一次性埋藏在墙内。土楼工艺精湛，"土楼王子"振成楼建造时，采用了中式琉璃瓦、木刻门窗、暗藏式下水道等方式，还采用了西式铸铁花栏杆、戏台包厢等手法，中西合璧，美不胜收。当然土楼建造耗资颇多，振成楼就花掉大洋 8 万，耗时 5 年。这在现代是不可想象的。

还有其他的现代生活需求也影响着土楼的生存与发展。如何保护好、传承好土楼及其土楼文化，是福建土楼地区人民，特别是当地政府面临的重大考验。

土楼文化传承：不创新只有死路一条

一个轻雾蒙蒙的清晨，我们见到了永定县县委书记毛高良先生。这个"60后"的县里一把手，为了破解这个难题，正和县里同志研究着、实践着。他们目前在3个方向保护和发展着土楼及其文化：一是强力推动土楼旅游，大力转变发展方式；二是整理创新以土楼文化为题材的文艺节目，如土楼神韵音乐会等，在世界客家大会期间演出，并进军北京国家大剧院，好评如潮；三是积极推进土楼文化"走出去"，如将有关土楼建筑展览作为中国文化项目，参加了在美国举办的中国文化年活动，广受好评。2011年，他们又与台湾合作开展客家文化对歌活动，增进了两岸客家人的感情。

土楼是创新的产物，是内地避乱者在不得已的恶劣环境下、在人生地不熟的异地他乡创造出来的生存方式与生活方式。土楼是文化的产物，是特殊的建筑样式，文化意义极大。我们有责任与义务，将土楼文化保存下去、发展下去。

土楼的生存与发展，仍然离不开创新，不创新只有死路一条。要结合现代人的生活需求与生活便利，改造、设计新式土楼，将大家庭的环境与小家庭的私密性更好更有机地结合起来，满足现代人的需求。目前在土楼出没的地区，一些游客接待中心和酒店采用现代建筑技术，用砖头、钢筋、混凝土建造出新型圆形围屋，但新式的围屋尚未运用在百姓住房。如何根据现实生活变化，创新土楼空间，增加现代生活条件，进而传承土楼文化，任重道远。土楼作为世界文化遗产，日益受到国际旅游界的关注，前来土楼地区参观的国外游客逐渐增加。但有关福建土楼的外语介绍资料和外语旅游手册，包括音像资料基本上还是空白。这给国外游客带来不便，更不利于土楼旅游的大规模发展。因此，要组织力量进行旅游文化宣传品的配套开发。

福建土楼由永定县、南靖县和华安县三地土楼组成，尤以前两个县为多。仅永定客家土楼就有23000多个，相当可观。可是永定县属于龙岩市，南靖县属于漳州市，尽管两家是联合申遗，但在联合开发旅游资源、共同打造福建土楼品牌上还缺乏统一管理。从厦门去往土楼地区，首先经过漳州南靖地区，再往西走，才能进入永定土楼地区。一路上，路标很少而且指向不清，特别是南靖县与永定县交界地区的路标更是稀少且不明确，给游客特别是自驾游游客带来非常大的不便。如果当地政府能够从方便出行的角度出发，对路标进行系统性的规划设计，一定会造福于国内外游客，也必然会更有利于整个福建土楼旅游业的共同开发。

社火闹春盛典的文化价值*
——晋中社火文化活动的最新考察

夜幕降临，寒气袭人。正月十六之夜，太行山区的晋中左权境内，不知谁先点燃了家门口的一堆旺火，红红的火龙迎风飘舞。于是，三乡四野间，一点点、一团团、一处处的旺火纷纷点亮起来，欢闹的社火活动便在这新春的夜色中拉开了帷幕，喜庆的气息随之在这太行山区弥漫开来。左权县城区，33处重要的地点点起了更大更气派的旺火堆，来自全县各乡村的50多支社火表演队，在这30多处旺火堆旁轮番串演，吸引了无数百姓观看，好不热闹。这是2月7日晚，中国外文局"中外记者看中国"采访团在山西左权县看到的精彩场景。

红红火火庆新春：一个旺火堆，几多欢乐情

民间社火，据说来源于古老的对土地和火的崇拜。这一活动在我国许多地方都有体现，尤其是在西北地区较为兴盛，在山西晋中地区则更为经典、更具影响力。据报道，这里的社火起源于秦汉，发展于唐宋，丰富于明清，延续至

---

*本文原载 2012 年 2 月 17 日《光明日报》，文中地名、人物职务和职称以及数字等信息均以当日信息为准。

今，史书记载已有 2500 年的历史。文化内容相当丰厚，表现形式也丰富多彩。

大大小小的旺火堆，是社火活动的基础。据左权县文化局局长王建军介绍，以前元宵节前后，当地群众用煤炭加木材垒成火堆，现在则多用蜂窝煤围成下大上小的圆锥体，中间加上木材成为新式旺火堆。当天傍晚时分，我们在五里堠村与村民们一起垒就了一个高高的旺火堆，大家你添一块他添一块，热情高涨，恰有众人拾柴火焰高的意味。走进村民家中，每家都有规模不同的旺火堆，这已经成为当地百姓迎接新春的文化仪式之一。有的人家家门口还依照古老习俗，搭起了松枝牌楼，挂起了彩灯。

入夜时分，大家不约而同地点燃这些旺火堆，高高的火舌随风翻滚，犹如红色的火龙在夜色中翻舞。真可谓村村点火，户户生旺。男男女女，老老少少，围绕着这些旺火堆，载歌载舞，纵情欢闹，既表达祈福消灾的感情，更体现对新年风调雨顺、国泰民安的期盼。苍天在上，凌空俯看这些大地盛景，一定也会热血沸腾。

今年，左权县上下携手，在县城区恢复中断了 20 多年的"串火盆"活动，即由各乡村的民间社火表演队在县城区的旺火堆旁客串、表演，增加喜庆文化气息，这就是本文开头见到的场景。在县政府门前的高大旺火堆旁，中国外文局记者采访团团员美国籍记者古博凯、日本籍记者胜又阿雅子、韩国籍记者李秀真等和中国记者一起与当地群众共同欢庆佳节，共同体验中国民间社火文化。我们与村民们一起敲锣打镲，一起分享喜悦。这使 21 世纪的社火组织也有了时代特色。活动组织者之一、副县长哇春芳介绍说，为了调动表演者的积极性，县文化部门采取了奖励措施。每个表演队在30多处旺火堆旁轮番表演，表演完有专人登记造册。根据表演队人数多少，每串一个火堆表演一次奖励100元至200元。这其实也是对表演者辛勤劳动的尊重。

这是一个寒潮笼罩的夜晚，寒冷覆盖着太行大地，但零下十五六度的严寒丝毫挡不住人们喜庆佳节的热情。在寒风中，在旺火堆旁，当地的百姓一起狂欢。左权县城中心广场成为彩灯的世界、欢乐的家园。各单位的彩灯多彩多姿，既有传统的民间故事，又有现代的生活场景，百姓自己扎制的孔明灯、动物形状灯等各种彩灯也在这里一展风采。县委县政府在百姓的喜庆中再添精彩，在城中空地燃放起吉庆烟火。持续半个小时的璀璨烟火，将革命老区左权的夜空装点得分外妖娆。火树银花不夜天，万民欢庆闹新春。

社火文化魅力揭示：物我两相忘，文化永相传

晋中地区是民间文化生态保护较为完整的地区。当地以平遥古城、榆次老城为代表的古城文化，以乔家大院、常家大院为代表的宅院文化，以左权小花戏、昔阳迎灯等为代表的民间文艺，是中国民间文化的重要组成部分。晋中市市长吴清海告诉我们，当地正在建设民间文化生态保护试验区，以挖掘整理、抢救保护、创新发展为追求的民间文化生态保护工作开始了全新的追求，其文化意义深厚，文化价值重大。

21世纪以来，晋中社火活动不断发展壮大。从2007年

开始，晋中市每年在元宵节期间都要举办社火节，逐渐形成了百万民众闹社火的文化大观。经国家有关部门批准，晋中社火节已经成为中国民间文化的重要活动之一，获得了首届全国节庆中华奖"十大弘扬传统节日奖"。今年的中国晋中社火节，于2月6日元宵节当天上午在市中心公园城市大道举行。来自晋中城乡的10多个表演团队参加了节庆活动。热闹的舞龙舞狮、喜庆的秧歌花戏、欢快的背棍高跷、就连去年中国航空航天的重大成就"天宫一号"也被聪明的表演者扎制成彩车，参加到狂欢之中。

与晋中社火侧重联欢巡游不同，左权地区的社火活动更体现了大众的参与性与表演的民间文化特色。左权地区民间舞蹈起源较早。相传，在宋代，县里已是村村结社闹社火，明清两代流传更广。如今左权县已被国家有关部门命名为"中国民间文艺之乡"。全县204个行政村，村村闹社火，成人几乎人人会唱民歌。全县有129个民间文艺团体，分为说唱班、舞狮班、武术班等。左权地区的特色文艺形式小花戏是重要的非物质文化遗产，1953年曾经参加第一届全国民间音乐舞蹈大会，获得过全国民歌民舞民乐调演大奖，还曾到北京怀仁堂演出，受到周总理的亲切接见。

左权的社火活动将民间文化的精华集中起来。这里的社火门类齐全，分为"文社火""武社火""丑社火"三大类。所谓文社火，就是小花戏，因其扮相、舞姿、词曲都比较文雅清丽而得名。武社火，基本上是武术表演：枪棍刀棒等轮番表演，只舞不唱，锣鼓伴奏，铿锵激烈，勇武粗犷。而丑社火，当地又叫丑花戏，演员扮相以丑为美，浓妆艳抹，以男扮女装为主，舞蹈动作夸张，唱词逗笑打趣。

2月7日傍晚，我们中外记者采访团一到左权就来到城郊的移民新村东沟村，采访小山村的小花戏表演。村民们在村中空地搭起了简易舞台，自编自演、自娱自乐。演员都是本村村民，既有初高中学生，又有中年男女。演出内容既有抗战内容，又有传统情歌，还有歌颂新生活的新创作。一位中年女演员既能拉二胡，又能单独表演歌唱节目，可谓一专多能。寒冷侵蚀着天地，演员们却毫不畏惧，表演得认真投入，将他们心中的欢乐尽情地展现出来。随行采访的外国记者被他们的欢乐所感动，演出结束后与演员们深入交谈、采访，合影留念。小演员们告诉这些外国朋友：我们参加表演很享受！

就在这个寒冷而欢庆的左权之夜，在一堆堆旺火旁，左权丰富多彩的文社火、武社火、丑社火表演演员纷纷亮出了他们的绝活，或唱或跳、或舞或蹈、或敲或打，个个精彩，样样鲜活，让我们真切地感受到了太行山区人民的欢乐与喜庆，体会到了优秀文化传统的强大生命力。他们这些来自山乡村野的老少演员们仿佛已经融入到文化仪式中，融入到一招一式的演出里，他们是那样的投入，那样的忘我，他们每一个人此时此刻不是凡夫，而是真真切切地化作为文化的符号，成为文化血脉的因子。他们那种认真与全身心投入的文化态度，执着与坚定的文化精神，不正是古老的文化传统得以代代相传的重要因素？不正是中华民族生生不息、血脉永续的强大基因？

文化传承的历史辩证：经济贫困县与文化强县的现代交响

晋中的社火节庆与左权的社火表演，都是进入农历正月就开始了的，而且贯穿正月的主要时段。这时正是中国北方普遍的农闲时节，是人们调整心情、调整状态，告别旧的一年、迎接新的一年的特殊时刻。

如果说，春节主要是家家户户以家庭为单位，享受团圆和睦的家庭亲情，享受天伦之乐的节日的话，那么以元宵社火活动为代表的庆典，则是人们走出家庭、融入社会，寻找并享受人间欢情的特殊节庆。元宵的灯彩娱乐活动遍布中国大地。尽管南北东西地域不同，文化活动形态有所区别，但人们闹元宵庆新春的文化追求都是一样的。也正因此，元宵文化活动简直可以说是一场中国特色的民间文化狂欢。

晋中今年的社火节着力打造冬季旅游与民俗文化旅游特色，设计并推出了文化庙会、社火展演、传统情景剧表演、榆次老城祈福等系列活动。时间从1月1日延续到2月中旬。左权今年以"崛起左权，唱响未来"为主题，设计了街头文艺游行表演、戏剧专场演出、迎新春灯展、串火盆活动、音乐焰火晚会等九大活动闹新春。从腊月二十六开始，延续到正月十九结束。而且，在县城、乡镇、乡村三级区域展开，实现了文化活动全境覆盖、全民覆盖。进入正月，在这里的大街小巷、乡镇村庄，翻飞的彩扇随处可见，动听的鼓乐随处可闻，花戏队、高跷队、武术队、八音会等民间表演队伍活跃在太行城乡。这个时期，正是文化的传承与发展时期，是文明的演进与创新时期。

节庆活动是人类文化的重要载体，节庆仪式更是文明发展的重要基石。无论是古老的东方文明，还是新兴的西方文明，包括世界各国的文化发展与文明传承都离不开特殊的节庆活动与节庆仪式。

晋中社火以其历经数千年而不衰的特殊文化旅程，为我们深刻地揭示了文化的价值与意义。我们在考察这一文化现象时可以看到，以文化仪式的垒旺火为起点，配之以围绕火堆载歌载舞的各种文化活动为载体，形成以"村村欢歌、户户社火"为表现形态的大众文化活动，这种活动特点鲜明，具有广泛的参与性、普遍的娱乐性、内容的丰富性、活动的多样性以及文化的传承性。

文化与文明相伴而生。文化是有独特而强大的生命活力的，其自身汰劣扬优的基因使文化之树得以常青永青。有时时势使然，文化形态迫于某种压力暂时退居幕后，但优秀的文化是阻隔不断的。各个朝代的文化理念可能会一时中断传统文化传承过程，但文化自身强劲的生命力能够修复暂时的断裂表象，实现文化的重生与新生。左权社火历经千年，虽朝代更替而文脉始终不曾断裂。即使受现代文化的冲击，左权县城的串火盆活动曾经中断过20多年，但在文化大繁荣大发展的时代背景下，这一古老的文化活动便又顽强地恢复并且创新性地发展起来。正月十六夜间的串火盆表演一直延续到深夜十二点以后。有道是，山重水复难断文化路径，天寒地冻也阻断不了文化的根脉。

左权县文化局局长王建军介绍说，从2008年开始，左权县已经开始在中小学普及小花戏活动，编写了专用的乡土教材。每年6月，全县开展文化月活动。每年，他们还要开展一次民歌小花戏大奖赛，并且与中国音乐学院开展合作，培养后备人才。政府还拿出专项资金资助民间艺术领军人才，支持小花戏艺术团发展。左权县经济上虽然还欠发达，至今仍然是国家级贫困县，但文化资源却很丰厚，群众文化基础相当可观。去年年底，左权县已经成为山西省的十大文化强县。

经济是基础，文化是活力。经济的贫困并不意味着文化的贫困。虽然经济的贫困意味着落后，但落后的经济体仍然能够创造辉煌的文化生活，甚至创造辉煌的文化成就。经济与文化既紧密相连，又能独立发展。有充满活力的文化做后盾，民众的活力就能够得以激发，进而带动经济的发展。左权正在实现着可观的社会进步。左权人已经响亮地提出，"十二五"末再造"两个左权"，这是革命老区人灵魂深处蕴藏的豪迈与激越，这是太行深处文化基础深厚的山区迸发的生命活力。这才是我们此次晋中社火文化考察始料而未及的文化价值，是我们建设文化强国的重要佐证。

感谢你，晋中社火！感谢你，左权旺火！

二连浩特的恐龙及其他*

　　二连浩特与恐龙的联系，是在我到了二连浩特后才发现的。为了去这个草原之城，我先上网查了一些资料，得知二连浩特除了有内蒙古各地都有的辽阔草原外，还有一个极具特色的所在——恐龙的故乡。

　　飞机从浓密的、如山峦起伏的云海间穿行下去，在一望无际的平坦的草原上慢慢降落。说是草原，似乎草还没有长高，只有一层淡淡绒草，为草原抹上一层极淡的绿色。

　　从二连浩特机场出来，驱车向市区进发。约略走出一刻钟光景，大路两边开阔的草原上就有一些大大小小、高高低低，通身墨绿色的恐龙模型在渲染恐龙故乡了。迎接我们的市委宣传部的同志告诉我们，路两边共有 99 只恐龙，不同品种，不同形状。而在快进入市区的道路两旁，雌雄两只恐龙极夸张地伸长脖子，热烈地交吻在一起，形成一道富有特色的迎宾门，仿佛在说"欢迎，欢迎，热烈欢迎"，颇有创意。

　　夏日的二连浩特，天高云淡，风清气爽。虽然一个小时前，我们从北京出发时，还是满天阴云，太阳只在远空上逗

---

　　*本文原载 2012 年 7 月 20 日《光明日报》，文中地名、数字以及人物职务和职称等信息均以当日信息为准。

强，但到二连浩特时，天已是蓝蓝的了。早上查天气预报，说二连浩特今日有中到大雨。可到了才知道，这里是天晴云白，壮美无比。大自然的神奇实在超出人的想象。

真正见到恐龙化石集聚地是第二天上午了。主人先驱车带我们到二连浩特口岸参观，去感受国门的神圣与庄严。国门下，铁路工人正在进行换轨劳作。偶尔有火车从蒙古国方向驶进国门，那是一列长长的货车。二连浩特口岸是我国与蒙古国对接的重要口岸。中蒙贸易这些年快速发展，去年达到60多亿美元，几乎占了蒙古国对外贸易总额的一半。据说，蒙古国近年来经济快速增长、国内建设加速，对中国的建材、物资需求大幅上升。二连浩特的地位也就益发重要了。这里国门附近的国境线上的界碑有四个，815号、816号界碑各两个。因为国境线在这里以喇叭口形状向左右发射，所以用四个界碑标记国境线拐弯走势，倒也形象。

离国门不远处，也就三五千米吧，就有了一片恐龙化石保护区，目前是在五平方千米的核心区周边围上护栏加以保护。保护区内建有古丝绸之路上的驿站博物馆、恐龙化石展览馆和科普馆。

很久很久前，二连浩特就是中国内陆与欧亚通商的重要关口。河北的冀商、山西的晋商从这里向远方的俄罗斯及欧洲国家进行货物贸易，主要是茶马生意、纺织品贸易等。明清时更是兴盛一时。驿站博物馆内保存着20世纪二三十年代美国商人在这里拍摄的老照片，展现着古老贸易的风采。那时，二连浩特的街上就已经跑着美国福特公司的老爷车了，相当皮实。一张老照片上，货物如山一般，将汽车压得只露出一点前面车窗，似乎气喘吁吁，但又很满足的样子，毕竟这是生意兴隆的表现了。在中外经贸交流史上，二连浩特曾经起着而且至今仍在起着相当重要的作用。如今，这里是中国十三个沿边开放城市之一。当年，中国改革开放的总设计师邓小平同志曾从战略高度评价说，南有深圳，北有二连浩特。这种战略作用也许会越来越凸显出来。

在一个恐龙化石展览馆内有一个被保护的挖掘现场，裸露的沙地上，呈放着一块块的骨头化石。长长短短，大大小小。讲解员说，这里就是恐龙化石群了。上上下下好几层，而且不光是恐龙，还有其他狮、虎等动物化石。似乎这里曾经发生过一场突如其来的灾难，使得这些动物界的不同种群一起悲壮地殉难。

讲解员告诉我们，二连浩特的恐龙化石是 20 世纪 30 年代首先被美国人发现的。当时美国科学家组织了中亚联合考察团，在这里偶然发现了恐龙蛋，从此明确了恐龙是卵生动物的论断。后来，中国科学家也加入美国考察团，并有了中美联合科学考察恐龙活动。但由于当时中国国力衰微，考察中得到的重要化石被美国科学家以进一步深入研究为名运往美国，装了整整 120 箱。美国人说是研究完了再送回中国，但至今他们也没有兑现诺言。

中国科学家并没有因此而气馁。中国科学院从事古生物研究的科学家们前赴后继不断拓展研究深度，在国际恐龙研究领域树立了中国学派。不久前，他们还成功发现了翼龙化石，轰动了世界。二连浩特恐龙之乡的名号也就益发响亮了。

在科普馆的一个玻璃罩内，一团完整的恐龙蛋化石正静静地卧伏着,淡淡的蓝光映衬着这一堆生命的载体。也许有一天,科学技术进一步发达了,科学家能够通过新技术将恐龙复活。这应该不完全是科学幻想吧!

你看这恐龙保护区内,起伏的沙地上,各种造型的恐龙模型在悠闲地漫步,构成了一个恐龙乐园的雏形。如果再加以科学规划,配以必要的"吃住行游购娱"等旅游元素,这里完全可以建成一个融科学研究与大众旅游于一体的新型恐龙保护区,特别是那些中外的孩子们,一定会更加青睐这样一个有着真实历史基础的科学乐园。孩子们喜欢这里了,来这里观光旅游的家长们还会少吗?

二连浩特有着国门,有着恐龙,有着辽阔的大草原与凉爽的夏日气候,所有这些都是相当丰富的旅游资源。据说,二连浩特的中蒙边境一日游项目即将启动,主要针对内蒙古自治区区内的游客。不久的将来,当口岸开放力度进一步加大时,二连浩特的自然、人文资源以及市区的俄蒙特色商品都会成为吸引游人的重要因素。二连浩特,在蒙语中是"五光十色的城市"之意。这个内蒙古大草原上的边境城市,一定会在新的时代随风而起,成为五光十色、灿烂光鲜的新型口岸城市,成为一个天下游客向往的地方。

湛江有个玛珥湖[*]

湛江有个玛珥湖。玛珥湖是世界地质精品，因首先在德国玛珥发现而得名。它有许多特点：首先，它是火山口湖；其次，它的水位要低于海平面；再次，它永不干涸。

由于这三个基本要素的限制，玛珥湖实在少得可怜。全世界最典型的有两个：一个在德国，另一个就在我国广东湛江。我不知道，这东西半球各一的两个玛珥湖之间有没有陈仓能够暗度，但这天各一方，湖眼瞪湖眼，倒也相映成趣。

湛江的玛珥湖位于湛江市区西郊湖光岩景区。我们从市中心驱车约 30 分钟便来到了它的身旁。据说，它已经存活了 16 万年。

玛珥湖不算大，总体有 4.7 平方千米，放眼望去，可以一览无余；也不算小，湖水面积 2.23 平方千米，悠悠驱车绕湖一周，也要 10 来分钟光景。

说明书上说，玛珥湖有五奇：湖内温度比湖外温度低 3 度；湖水旱不涸、涝不溢；湖面没有青蛙、蛇、蚂蟥，却有大量的鱼；树叶掉到湖内会消失得无影无踪；湖内常有"龙

＊本文原载 2000 年 10 月 20 日《光明日报》，文中地名、数字、人物职务和职称等信息均以当日信息为准。

鱼""神龟"出没。

这"五奇"是依靠山体的"神力"得来的。仗着它的护佑，玛珥湖能抵挡一切的侵蚀污染，保留洁净的品位，形成了独有的自然生态、气候环境和自然谜团。"不管落叶尘埃如何浸染湖面，湖水自有神奇的自我净化能力把杂物消解得无影无踪。长年累月，湖中不见一片败叶，一粒浮尘，甚至人在湖水中泡多了，也会变白变嫩……"同行的老江说，"干脆叫作'美人湖'岂不更妙。"这一番美妙的解说，惹得同行的女士们直想跳入湖中，"玛珥湖水洗凝脂"了。

湖畔有许多记载着火山喷发印迹的火山石。与长白山天池火山石不同的是，这里的火山石尽管也有蜂窝透空，却要实沉得多。

湛江市市长告诉我们，20世纪80年代，联合国曾派专家对玛珥湖进行了长期的探测。结果测定，16万年前，地下炽热的岩浆与地下水混合形成高压过热水，冲破地岩产生大爆炸，形成了这个低于海平面446米的深坑，积水向深坑汇聚，于是便有了玛珥湖。

玛珥湖最可称道的是围湖一周种的一圈桉叶树。这桉叶树都是有主的。一个个蓝色的小牌牌上，明明白白地写着树主人的姓名、职务，从市委书记、市长到各局局长、军队首长……同行的记者赞叹地说，这也是湛江一绝，它使植树造林、环境保护与责任制紧紧地结合在一起。既以人命名，人就该行得正、坐得端，而且还要经常关心树的成长，否则一旦树有闪失，树的主人面子上也不好看。这实在是一招妙棋！

湖边上，台湾商人投资兴建了一片木瓜种植园。在这美丽、洁净的湖边，种上木瓜，哪有不妙的道理？木瓜果然也很争气，果实丰美，多的一株木瓜树上能结十来个，如椰子似的一群，煞是可人，尝一口金黄的木瓜，清香醉人。

湛江有个玛珥湖。湛江又不止只有玛珥湖。它有天然的良港；有中国最大的红树林国家自然保护区；有中国第一、仅次于澳大利亚黄金海岸的世界第二长滩——龙海天河滩；还有世界航海界赫赫有名的石灯塔，灯塔旁还有珊瑚自然繁殖区；就连海上古丝绸之路也是从湛江的徐闻县起航的；湛江还是南珠的产地。更不要说，椰风海韵浸染而成的红土文化那独到的魅力了……

所有这些使得湛江人也因此把关注的目光投向了蔚蓝的海洋。他们准备举办海洋经济博览会，打好海洋经济牌，展现海洋的风采。

湛江作为中国第一批 14 个沿海开放城市之一，它的发展速度应该再快一些，改革开放的步子再大一些，胸襟再开阔一些。在提高自身素质的同时，做好城市发展规划，改善交通条件，优化社会环境，让中国大陆的南大门以充满生机与活力的良好形象出现在世人面前……

湛江，我们期待着你的振兴，期待着你的腾飞，在新的世纪，在新的千年！

在水族过大年 *

虽然水族端节盛典结束已经将近月余，但七七四十九天水族人民的大年还在进行中。那种民族欢情始终萦绕在心间，时时缠绵于梦中，感慨系之，遂记之以文。

有机会赶上一个民族盛大的节日，实在是缘分。况且，这个盛大的节日，从公历角度来说，并不是一成不变，而是根据自己民族的特有历法而逐年变化的。水族大年就是根据水族的历法而推算出来的。2015 年的水族大典从 9 月 20 日开始，水族人美其名曰"端节"。

与汉族过大年自春种始不同，水族的大年是从秋收开始的。在五谷丰登、六畜兴旺的时节，感恩上苍一年来的眷顾，同时祈求来年的续恩，劳作了一年的水族儿女从秋后开始庆大年——祖先的这一安排可谓匠心独运。

水族的特色还不只在此，他们有自己的语言、文字、服饰等。水语多古音，源自汉藏语系；水族文字形态与古象形文类似，被誉为象形文字的"活化石"，至今仍在使用；服

---

*本文为节选，原载 2015 年 10 月 10 日《北京青年报》，文中数字、地名、人名、人物职务和职称等信息均以当日信息为准。

饰色彩以青蓝色为主，体现山水本色；历法以阴阳合历为依据，融合了天干地支与阴阳五行，自成一体。而且水族文化也自有一套，婚丧嫁娶，自成礼俗。水族有水经，祈福禳灾时诵读。

俗话说，来得早不如来得巧。因了应邀率记者团赴贵州采访生态农业的机会，我们9月20日清晨赶往水族聚居地——位于黔南的三都，这也是我国唯一的水族自治县。

水族是一个古老的民族，自称"睢"，有着"从远古走来的贵族"之美称。水族的远祖从中原避乱来到祖国的西南边陲——贵州，在大山深处逐水而居，依山而生。

都柳江是三都重要的生命之源。江水碧绿，如翠绿的玉带飘渺于青山之间，江里鱼虾丰饶。水族人将水里的生物视为素食。鱼包韭菜是水族最重要的祭祖菜肴，蒸制而食，如今已经成为水族名菜，归为素食。大年除夕和初一早晨，水族人要身着民族盛装，举行祭祖仪式，用蒸好的鱼包韭菜等做供品，供奉祖先。日常端节之日，除祭祖之外，还有"赶端坡"活动，即在端坡上举行的赛马比赛，以及其他的文娱活动。邻近的各族人民也来参加，观众人山人海，热闹非凡。

水族的马据说有古老的血统，身材中等，爬山有力，黑黄白及花色马均有，流苏飘洒。水族人喜骑光马，没有马镫、马鞍。马是水族人钟爱的交通工具。由这种特殊马群，水族姑娘们发明创造了马尾绣，以马尾毛作为重要原材料，经过采线、描纹、绣图等52道工序，绣制出多彩秀丽而神奇独特的水族绣品。从衣帽衫巾等日常服饰，到刺花绣饰工艺美术品，做成一件绣品一般要耗时一个月之久。马尾绣也成为刺绣的活化石，终至演化成为国家非物质文化遗产。

9月20日上午，全县在中国传统村落——咕噜水族风情寨中心广场举行了盛大的开端仪式，县内外、省内外嘉宾云集。除了水族儿女着水衣、唱水歌、跳水舞、写水书外，为增添节日气氛，增强民族团结精神，县里还邀请了当地苗族、瑶族、布依族等少数民族一起来"闹开端"。朗朗苍天之下，群山环绕的三都广场上，人山人海，马背上、车顶上、半山塔楼上都是欢乐的人群。

身穿节日盛装的多民族男女老少，歌以咏志，舞以寄怀，载歌载舞，歌欢舞乐，生机勃勃，一派祥和。由各界嘉宾共同敲响的十愿铜鼓声拉开了庆典大幕。水族千人敬酒歌盛大开场，身着民族盛装的水族儿女边歌边舞，向着四面八方的来客敬上一杯丰收喜庆吉祥美酒。面对豪放盛情，酒不醉人，人如何不自醉？

尔后，敬神仪式、骑马仪式、铜鼓舞、锅桩舞、踩月亮舞……相继登场，全场欢声雷动，笑语喧哗。典至高潮，群情鼎沸。各族群众在中心广场上共跳团圆舞，自由的舞步，欢乐的情怀，随风飘荡。这人间盛景怎不感天动地？

开端庆典后，我们参加的水族端节第一件大事就是祭祖活动。祭祀场所选在水族的圣山"尧人山"下地泽之畔，一帘白瀑飞流而下，在圣山脚下形成一水清池，身着民族盛装的水族长老面对山神水泽一字排开，代表全族在圣山诵经祈福、献辞祝祷、焚香请安，感恩旧年的关爱，祈福来年的关照。其情也庄，其志也坚。

拜完山、赛完马，才能开年饭。年饭是火锅式的，体现了南北文化的交融与传承。地灶上架起大锅，大锅安置于圆形桌子的中间，桌上摆满丰盛的菜肴，水味如鱼虾，家禽如鸡猪，山珍如蘑菇、竹笋，菜蔬如白菜、萝卜、山药、土豆，花生、豆腐也是接连不断。年饭开始，水族人才开荤，全家老少团坐在一起，红红火火涮火锅，热闹非凡，生趣盎然。最有特色的还是水族的喝酒文化。这酒是米酒，20多度，民间俗称"九阡酒"。喝酒是有文化的，有人领头一二三，然后大家一起放声大喊"秀！秀！秀！"，一起碰杯，尽兴而饮。其景洋洋，其乐融融。据说，三都水族第一任女县长进京拜见毛主席，她就带上了这水族仙酒。毛主席端起酒杯，细细品味着水族人民的盛情，一口甜、二口绵、三口黏，而后一饮而尽。这酒后来还成为上海世博会的指定用酒，美名远扬。

更有文化特色的是，水族的大年不是一日之欢，或七日之娱，而是七七四十九天，绵绵之乐。据说这是世界上最长的节庆。相传，水族祖先有七兄弟，后来衍生成七个部落。起初约定，大年要七兄弟轮流坐庄，一人七天，一族七天，长欢而散。这四十九天里，全族人可以任意串门拜年，每至饭点，酒杯不能空，酒兴不能断，大有"但愿长醉不愿醒"的仙风道骨。现在三都水族过年，仍然沿袭了这一传统，全县分成七个地区，按族群轮流过节。其盛况美景，外人不足尽道。

三都全县近30万水族人，加上散落在全国各地的大约共50万人。水族人数虽然不多，但水族人胸怀天下，文化视野辽阔。就是这个端节，他们也是情遍四海。他们的年庆活动，不仅有歌舞活动，还有水族书法展、百里水寨摄影展、万件马尾绣珍品评选、民族美食文化节、"唱享幸福民歌展演"活动等。他们的年庆活动，不仅乐在三都，还乐到了深圳，乐到了北京。他们要在深圳锦绣中华民俗村、北京中华民族园举行水族文艺演出、文化展览，让更多的各族中华儿女也能共同分享水族的欢庆之情。

作为中华民族大家庭中的一员，从远古走来的水族，面对新的时代也迈开了改革创新的新步伐。他们在县城北部的旖旎河畔，沿水而筑，打造水族风情浓郁的万户水寨，这将建成为水族新生的标志性工程，成为天南海北、八方游客集中体验水族文化的文化长廊。有着不懈追求的水族正在赢得新的生机，这不也正是中华民族生生不息的生动写照吗？

另外，水族人还自豪地说，与端节不相上下的，还有一个盛大的节日——卯节。那是水族青年男女的情人节，是水族繁衍生息的生命节。春夏之交时节，水族青年男女，以歌代语，以歌传情，在万物葱茏时节，寻找生命的伴侣，衍生出一个民族盛大的节日。其时漫山遍野，春情涌动，生机勃勃，令人向往。

爽爽的贵州，多彩的贵州，多民族聚居的贵州，正在以其优质的自然美景、丰富的民族文化、浓郁的多元风情，日益成为世人钟爱的休闲旅游胜地。今年年底，贵州全境实现县县通高速，一个环绕贵州全境的高速公路网正在规划建设。与蜀道同样难于上青天的黔路，正在借助现代交通技术的伟力，穿山越岭，沟通荒野。

省委宣传部副部长、外宣办主任谢念自豪地说，贵州正在快速成长为西南的交通枢纽。全省已经建成 10 个机场，还有 3 个正在建设中。现在，4 小时高速到广州，8 小时高速到北京，仅昌明县全境就有 4 条高速铁路通过。贵广高速、沪蓉高速类通道，为贵州发展带来了大机遇。借助大交通的力量，贵州正在构建大产业，从健康到旅游，从文化到农业，甚至高科技的大数据产业基地也在这里安家落户。一个崭新的贵州在壮丽地成长……

就在 9 月中下旬，快速交通枢纽在贵阳机场落成，高速轻轨铁路直接与机场实现无缝对接，便捷的交通运输体系在贵州大地上形成。一个由 2000 名韩国游客组成的旅行团也在此时光临贵州，开始快乐多彩的贵州之旅。爽爽的贵州，你好！

黔茶飘香[*]

南国有嘉木，其叶清香，清水沏之，满室生香。饮之可调节身心，醒神健身，久久为功，是为中国之茶。由茶而衍生出茶商业、茶产业、茶经济乃至茶文化……此中国茶历久弥坚，又漂洋过海，与西式饮法等相融，生成英国红茶等无数品种，造福天下宾朋。

茶的历史悠久，茶的品种众多。"茶之为物，擅瓯闽之秀气，钟山川之灵禀。"茶与中国，与中国人、中国历史、中国文化更是密不可分。茶有地域之分——闽茶、滇茶、藏茶、苏茶、杭茶，不一而足；茶有功效之分——日用茶、养生茶、保健茶、减肥茶，五花八门；茶有原料之分——清茶、奶茶、砖茶、菊花茶、大麦茶，种类繁多；茶有原产地之分——大红袍、碧螺春、安吉白茶、黄山毛峰、信阳毛尖、天山雪菊，不胜枚举；茶有颜色之分——绿茶、红茶、黑茶、白茶、黄茶，色彩斑斓……一部茶史，几乎就是一个民族的物质文明与精神文明共生的历史。

---

*本文写于 2015 年 10 月 14 日，文中数字、人名、地名、人物职务和职称等信息均以当日信息为准。

茶文化博大精深，茶知识丰富多彩。多少斤（一斤为500克）生茶叶能炒出一斤熟茶叶？一斤茶叶含多少芽头？一亩（一亩为666.67平方米）茶园能生产多少茶叶？产值多少？……谁知杯中茶，叶叶皆辛苦！

　　黔茶是这部辉煌茶史中重要的一章。黔地崇山峻岭，纬度低，海拔高，地无三尺平，天无三日晴，寡日照，多云雾，自古交通不便，不利之处自然不少，但其于茶叶生长却是十分有利。

　　茶经上说，茶叶上品生乱石，中品生粒土，下品生黄土。黔茶多生长在乱石之间，长势旺盛，茶叶尖上茶毛丰富。茶农们形象地说，没有茶毛的茶，不是好茶。因此，黔地自古产茶，云雾茶、高寨茶、毛尖茶等等，品类繁盛，其中杰出代表当数都匀毛尖。此茶聚山川灵秀于一身，"生时为枪，熟时为钩"，所以明代皇帝赐名"鱼钩茶"，是进贡给朝廷的贡品。1915年美国巴拿马太平洋万国博览会上，此"鱼钩茶"与茅台酒一起获得大奖，从此名扬海外，远近争购。新中国成立后，此茶深得毛主席赏识，称其为毛尖茶。从此，"都匀毛尖"成为新生的代名词；从此，"都匀毛尖"屡屡获奖，声名大振。

　　话说回来，黔茶虽然种类繁多，质量上乘，但长期以来由于黔地交通不便，种植技术原始简单，黔茶种植范围分散，规模不大，基本上以原始开发为主，处于自给性零星分散的生产状态，茶产业发展缓慢，茶经济不成气候。

　　黔茶文章怎么做？黔茶经济怎么建设？黔茶文化如何发扬光大？千年茶史、百年辉煌的黔茶如何实现新生？茶农如何走出"守着青山过穷日子"的困境？

新的时代呼唤新的战略。国家加强生态环境建设，推进生态文明发展。退耕还林还草，成为一项基本政策在全国推开。黔人在思考：黔地多山地，种玉米、大米等粮食则产量不高，黔农收入上不去；黔茶品质好，增效快，可原始的生产加工方式不利于黔茶进步，这该如何是好？

运用政府的力量，组织黔农发展茶叶生产，发展茶产业茶经济，似乎是一条可行之路。2007年，黔南州委州政府研究出台了《关于加快全州茶产业发展的意见》。种一亩茶叶政府补贴700元，政府还派技术人员指导茶农生产，这使黔农们看到了希望。

螺蛳壳乡河头村过去一直从事煤炭运输的张光辉来了兴致。他与村里8户农民联手成立了茶叶合作社，首期将8户农民的300多亩山地全部种上了茶叶。辛辛苦苦一年下来一算账，一亩地出产四斤干茶，亩均产值一万元，利润达到三四百元，比种粮食收入高了许多。黔农们眼睛亮了起来，纷纷要求加入合作社，现在已经有146户参加，茶叶种植面积达到5400亩。2015年，全合作社人均增收8000元。幸福像花儿一样在山间、在黔农的心田里怒放。都匀市现在已经有茶农20户以上成规模的茶农合作社40多家。黔南地区含茶叶合作社在内的茶企业达到900家，方兴未艾。茶农们纷纷购车建房，奔向了小康。种茶采茶制茶甚至有了传统工艺传承人，有了非物质文化遗产保护。

都匀毛尖产销两旺。一个外地客商一下子向张光辉订购300吨茶叶。他们的积极性更高了。过去，只生产一季春茶，夏秋茶开发力度不大。这不，茶农们又开始研究开发新品，增加机械化生产，并积极扩大出口。让黔茶出山，正在成为黔人的理想与追求。他们调整了发展目标，计划种植 1 万亩左右的茶园。

张光辉等人投入 300 万元，在茶园边建设了现代化的茶叶加工厂。红茶绿茶各一条崭新的先进加工生产线，在新厂房内并肩排开，预计年产量 200 万吨茶叶。"我们要增加生产能力，做老百姓消费得起的高品质茶叶，解决都匀毛尖买不到看不见的问题，将我们的产品销往广州、北京，乃至国外。让毛主席命名的都匀毛尖、习主席关心的都匀毛尖健康发展起来，使之走向世界，让更多的人喝到我们都匀毛尖。"

从茶产业发展中尝到甜头的他们，又看到了新的发展需求。他们看到常有各界客人到茶园参观，何不借此良机发展茶园旅游观光？说干就干，他们在茶园空地，修游廊、建宾馆，培训接待人员，一个更高层次的茶经济正在拓展……

种茶不仅带动了黔农致富，也带动了采茶农人的发展。采茶农采集一斤生茶工费在 80 元至 200 元之间。

张光辉解答了我们上面提到的问题：4 斤生茶叶炒出 1 斤熟茶叶，一斤生茶叶含 6 万个芽头，一亩茶园能生产 4 斤干茶叶，一亩产值万元左右……对于黔农们来说，谁知杯中茶，叶叶皆黄金。

全省县县通高速、机场成网络的现代化交通系统极大地提振了贵州经济，促进了黔省与国内外的大交流、大开放、大发展。大数据产业、大健康产业、大旅游产业等正在迅速发展。贵州正在成为世界最新山地旅游的目的地。黔茶借机大发展着。

除了依托传统的销售渠道外，借助于互联网的发展，黔地茶农们也开始现代化网络销售。继淘宝、天猫、京东等电商平台之后，由黔地茶商们经营的阿里巴巴茶叶销售平台已经开通。据统计，由各类网店销售的黔茶店铺达到1094家。黔茶销售专柜也已经进入了沃尔玛、家乐福等大型商超系统，实体专卖店更是开遍大江南北，总数近8000家。黔茶飘香正逢时！

与都匀毛尖产地茶农们的追求相一致，贵州全省茶产业发展也已经成为经济发展的战略目标，茶产业成为全省的五大经济支柱之一，政府还制定了全省三年发展规划。目前，全省茶园总面积达到661万亩，2015年春季全省干毛茶总产量达到10.58万吨。2014年全省茶叶出口总额达1154万美元，2015年前8个月出口总额增加至1567万美元，同比增长50.2%，黔茶走向世界的步伐正在明显加快。

作为产业促进会议，第一次全省茶产业发展大会就在都匀毛尖的产地召开。省政府将都匀毛尖作为"黔茶出山"的首要品牌，并将其列为全省主打的"三绿一红"（即都匀毛尖、湄潭翠芽、绿宝石、遵义红）的茶叶品牌。黔茶发展进入了一个更新更高的境界。

金秋九月，正是都匀全县喜迎毛尖获奖百年的时候。一种抑制不住的喜悦与自豪洋溢在都匀的山山水水间，飘逸于都匀境内30多个民族的村寨里。

诚可谓：

秀美江山入画图，云雾生机酝诗霞。

山水野茶发新芽，人间勤劳酿茗佳。

南国嘉叶出都匀，毛尖飘香振黔茶。

百年品牌焕新姿，无限福报到农家。

骏马中国

不经意间，2002年已经如此真实地站立在我们的面前。2002年的风，2002年的情，2002年的景……一切是如此陌生，又如此充满新的希望。

2002是一张硕大的白纸，在期待着你我去描绘最新最美的图画。在刚刚离我们而去的新世纪第一年，我们取得了令世界瞩目的业绩。辉煌属于过去，希望成就未来。新的一年，我们必须继续前行。

2002是一个新的驿站——入世后第一个真实的年头，冲击也好，机遇也罢，都将陆续展现在我们的面前，让我们体会一个真实的世界贸易组织。不管如何，中国都将义无反顾地继续前行，中国现代化的脚步都将继续大踏步地向前。

2002是一场新的搏击——马年的世界经济复苏维艰，全球市场前景不明。适应入世的冲击，走我们的路，扩展我们的市场，眼睛向内，不失时机地走出去，将是我们既定的追求。

2002是一道新的风景——蛇去马回，给中华儿女带来无数新奋发的启迪。万马奔腾就是中国人最好的期冀。中国的经济总量上年年末已经达到9.58多万亿元，离10万亿元大关只有一步之遥。那一个值得庆贺的时刻，用不了多久就能成为光辉的现实。

2002是一块新的里程碑——金秋中国执政党召开的第十六次全国代表大会，作为新世纪召开的第一次执政党代表大会，将为中国的明天进行高级规划。承前启后的战略决策无疑将作为中国人政治生活中最重大的事件写入史册，开启中国发展的新航程，影响中国的走势……

世界银行的预测报告显示，2002年中国的经济增长速度仍将居于世界前列。国际经济组织继续看好中国，期待着来自东方的喜讯。占世界总人口五分之一的中国人民的文明、富强、幸福何尝不是人类的福音？看好中国就是看好未来，这是世界观察家对发展最好的诠释。

踏花归去马蹄香。2002的骏马，就在你的床前、桌旁，就在你的身边、枕畔。快抖擞精神吧，跃马扬鞭，向着新的春天纵横驰骋，展示人生的风采，让生命在生活中灿烂地闪光。

2002，中国，祝你马到成功！

（原载2002年1月7日《光明日报》）

春天，看北京开"两会"*

每当春风起、春意发的时节，天南地北的人民代表、政协委员们便会带着四面八方的感念、希望与理想，齐聚北京，共话桑麻。从国事说到民生，从农耕说到开业，从国内说到国际……在春天，展开一个伟大国家崭新的希望；在春天，展开13亿人民心中美好的梦想。

春天的"两会"[1]，早已成为新中国一道亮丽的风景，成为新中国吸引世界眼球的一个固定的盛大节目。

春天，北京的"两会"，首先是中国人民的盛事。每一个代表、委员的身后，都代表着一个庞大的社会群体，肩负着人民的重托。聚议大政方针，审定一年的奋斗目标——总产值、总投资、总计划、总盘子。13亿人口，56个民族，通过"两会"，协调行动，为中国的发展打开了思想的通道。这是凝聚人心、凝聚力量、凝聚目标的盛会。

春天，北京的"两会"，也和世界相通。中国是世界的一部分。中国市场是世界市场的重要组成部分。占世界总人

＊本文原载 2007 年 3 月 1 日《光明日报》。

[1] 即"中华人民共和国全国人民代表大会"和"中国人民政治协商会议"。

口五分之一的中国人与中国社会的走势，对世界也会产生重要而深刻的影响。国际社会能够从北京的"两会"上把握中国的走势与方向。在这个全球化的时代，理解中国，对于世界发展而言意义重大，对于跨国公司的发展而言更有重要的参考价值。从这个角度，也就不难理解，为什么每年的"两会"都有许多国家的记者积极报名采访了。

会议是人际交流、社会发展的重要载体与场所。古罗马、古希腊的广场会议开启了民主政治制度新纪元，联合国大会打开了人类交流的新天地。会不在长短，有内容则灵；议不在多少，有思想则深。春天，北京的"两会"是神圣的。"两会"为中国的民主政治、为百姓参政议政提供了良好的舞台。春天，看北京开"两会"，仿佛是在欣赏一部活生生的人类发展大戏。少长咸集，群贤毕至；南语北言，东谈西论，这是智慧与灵感的碰撞，这是希望与创意的交流。

一年之计在于春，寸金难买寸光阴。"两会"上，代表委员们肩负人民的重托，指点江山，挥斥方遒，气吞万里；建言献策，尽忠报国。每年的"两会"，来自祖国四面八方的代表委员们都为治国理政提供了许多良方善策。新中国每年的发展，从某种程度上说，自春天的"两会"始，又由春天的"两会"结。政府工作报告，既是国家的成绩报告单，又是全年的工作任务书，具有承前启后的重要功能，发挥着凝聚人心、鼓舞士气、振奋精神等诸多功用和效能。

认识机遇，自"两会"始；把握机遇，自"两会"始；创造机遇，自"两会"始；用好机遇，自"两会"始。

在春天，让我们一起关注北京的"两会"，关注中国崭新的发展！

中国：向世界民航强国进军 *

民航是高投入、高科技行业。新年伊始，中国民航在北京正式宣布：要在 21 世纪头 20 年，使我国实现从民航大国向民航强国的历史性跨越。这是民航为贯彻落实党的十六大精神，认真落实"三个代表"重要思想，加快推进民航现代化建设而采取的重大战略举措。

在开放中加速发展

2002 年是我国加入世贸组织的第一年。这一年，中国经济持续快速发展，航空运输业也随之加速成长。2002 年年初专家们预计的全民航运输总周转量、旅客运输量和货邮运输量三项经济技术指标，在年终时都远远超过同期，成功地延续了自改革开放以来民航增长高于同期国内生产总值增长的辉煌历史。

2002 年，中国民航全面推进体制改革。新国航、新东航、新南航三大运输集团和中航信、中航油、中航材三大服务保障集团的同时成立，拉开了中国民航革新图强的序幕。

---

*本文原载 2003 年 2 月 15 日《光明日报》，文中数字、人物职务和职称等信息均以当日信息为准。

中国民航总局[1]局长杨元元介绍说，改革开放以来，特别是党的十一届三中全会以来，我国民航事业取得了巨大成就，运输总周转量的增长率是同期国内生产总值增长率的1.87倍，是同期世界民航平均增长率的3.78倍。中国民航定期航班运输总周转量在国际民航组织缔约国中的排位由1989年的第20位上升到2001年的第6位。

目前，中国民航航线总数已超过1140条，航线总里程突破155万千米，均为1989年的3倍。各型运输机1000多架，比1989年增加近400架。全国通航机场143个，比1989年增加46个。

与民航强国的差距何在

尽管我国民航运输总周转量和客运周转量均已排名世界第6位，成为世界民航公认的民航大国，但中国民航整体发展水平与民用航空发达国家相比还有较大的差距。

杨元元分析认为，差距主要表现在以下几个方面。一是我国民航飞机拥有量大大低于民航发达国家。二是我国按国土面积计算的民用机场密度约为每万平方千米0.2个，而几乎所有发达国家的机场密度都超过了每万平方千米2.5个。三是我国民航1992年至2002年运输飞行重大事故率为每百万飞行小时平均1.5次，而民航发达国家平均约为0.3次。四是我国航空公司的国际竞争力较弱，平均劳动生产率低于世界民航公司平均水平。

---

[1]现中国民用航空局。

所有这些都说明，我国离民航强国还有不小的距离，要实现从民航大国向民航强国的转变，还需要进行长时期的艰苦奋斗。

八大目标锁定民航强国

建设世界民航强国是中国民航人长期追求的目标。在这新世纪里，怎样建设民航强国？中国民航结合世界民航发展状况，制定了八大奋斗目标。

——航空运输总周转量世界排名至前3位，国际旅客周转量世界排名至前10位；航空运输在国家综合运输体系中所占的比重大幅度提高。

——机场密度有较大提高，建成1个以上的亚太地区内的航空枢纽和若干个全国性或地区性的航空枢纽，预计3个以上的机场旅客吞吐量进入世界排名前25位。建成多种结构并存互补的航线网络。

——航空运输企业国际竞争力大幅度提升。预计有3至4家航空公司旅客周转量、营业收入进入世界排名前20位。航空运输企业劳动生产率超过世界平均水平。

——建成现代化的空中交通管理系统，技术设备、服务手段和管理水平达到世界先进水平，空域资源得到充分有效利用。

——建成适应民航可持续发展需要的科技引进、消化、开发和创新体系，全面掌握并能适度开发航空运输高新技术，实现民航运行和管理的信息化。

——建成多层次、全方位、系统化的人力资源开发体系，人员整体数量和素质基本适应民航增长和科技进步的需要。

　　——建成完备的符合国际通行规则和中国民航实际的法律法规体系，依法行政和依法经营得到全面落实。

　　——航空安全综合保障能力逐步增强，航空安全水平接近民航发达国家的水平。

　　中国航空集团党组书记李家祥和中国南方航空集团总经理都认为，这八个宏伟目标经过努力是完全能够实现的。中国航空集团、中国南方航空集团旅客周转量已分别达到287亿人千米和383亿人千米，接近世界排名第20位。首都机场集团总经理说，首都机场去年旅客吞吐量已达2418万人，接近世界排名第25位。按照世界民航与世界经济增长的规律分析，我国民航在21世纪头20年平均增幅达到10%，进入世界民航强国是有足够根据的。

跨越式发展：中国铁路的新希望 *

世界铁路走向复兴

由于能源危机、环境污染、交通安全等问题频出，铁路的价值被重新认识，一度被视为"夕阳产业"的铁路走向全面复苏。这固然有重载和高速铁路技术发展的拉动作用，但铁路本身所具有的占地少、耗能小、污染小的优势使人们开始重新认识和重视铁路在可持续发展战略中的重要地位和作用，而且这已经成为许多国家的共识。

日本制定了新的促进铁路发展的政策，包括修建和改造城市间、城市内的客运铁路线路，使城市间和城市内的旅客运输向铁路转移。以铁路货运为主的美国近些年也开始支持修建高速铁路，计划在东北走廊铁路线开行电气化高速列车，并在沿东、西海岸北部 11 个州的大城市修建 5 条高速铁路客运走廊。欧盟鼓励各国政府修建高速铁路和城市轨道运输系统，并颁布了《振兴欧共体铁路战略白皮书》。在可持续发展战略的推动下，在高速铁路的拉动下，世界铁路呈迅速发展之势。

＊本文原载 2003 年 9 月 26 日《光明日报》，文中数字等信息均以当日信息为准。

中国铁路仍是发展瓶颈

自改革开放特别是党的十三届四中全会以来，中国铁路不断加快发展，取得了显著成绩。铁路建设速度加快，路网规模扩大，运输能力有较大提升，为国民经济持续快速健康发展做出了积极的贡献。至 2002 年年底，中国铁路营业里程为 7.2 万千米。中国铁路的运输密度为世界第一，但这是以巨大的牺牲为代价的。如京沪线，它以全国 2% 的营业线路完成了全国 10.2% 的旅客周转量和 7.6% 的货物周转量，成为中国乃至世界上客货运输最繁忙的干线铁路。之所以能完成如此繁忙的运输任务，靠的是牺牲货运保客运、牺牲短途保中长途、牺牲服务质量换取运输能力等非正常措施。

从总体上看，中国铁路这些年取得的成绩是很大的，但铁路运输生产力不适应全社会日益增长的运输需求，这个主要矛盾至今没有从根本上解决，铁路仍是国民经济发展的"瓶颈"。路网密度小、运输能力低等问题仍然存在。按国土面积平均的路网密度来算，中国每万平方千米只有铁路 74.89 千米，而德国为 1009.2 千米、英国为 699.1 千米、法国为 538.3 千米、日本为 533.62 千米、印度为 191.73 千米。按国土面积平均的路网密度来算，中国在世界上排名 60 位之后。按人口计算，中国铁路路网密度为每万人 0.56 千米，而加拿大为 16.18 千米、俄罗斯为 5.9 千米、美国为 5.55 千米、法国为 5 千米、德国为 4.4 千米、英国为 2.85 千米、日本为 1.59 千米、印度为 0.63 千米。就是说，中国仅为加拿大的 3.5%、美国的 10%，人均才 5.6 厘米，不及半根铅笔长，世界排名在百位之后。

中国铁路必须加速现代化

中国铁路已有 127 年的历史，与计算机、通信、生物等高新技术产业相比，它是个传统产业。进入 21 世纪，世界铁路正由传统产业向现代产业转变。世界发达国家的铁路通过信息技术的广泛渗透和关联带动作用，使铁路在较高的起点上，以全新的方式，用较短的时间，完成了由传统产业向现代产业的升级，使铁路这个传统产业展现了全新的面貌。中国铁路要缩短与发达国家铁路之间的差距就必须使铁路的产业结构由传统产业结构向现代产业结构转变。

中国现代化发展战略已经确定，国家的现代化需要交通体系现代化的支持。作为国民经济先行官的铁路在国家现代化进程中肩负着重要的历史任务，它需要中国铁路追赶发达国家铁路的发展速度，在尽可能短的时间里，缩短与世界发达国家铁路之间的差距。

铁路专家提醒说，世界铁路发达国家的重要城市、重要经济圈之间的干线铁路多是三线四线六线，甚至八线十线，能力充足。如日本的繁忙干线多是多线并行。德国主要干线一般都有若干条平行铁路。美国繁忙干线四线六线等多线并行的情况非常普遍。俄罗斯莫斯科至圣彼得堡间，也是多线并行。而中国除广深、京津间有三线外，连接京沪、京广，沟通中国经济发展最活跃的长江三角洲、珠江三角洲、京津唐环渤海经济圈的铁路仅为双线，运载能力已经饱和。而这些地区潜在的运输需求保持着强劲的增长势头，铁路根本无法满足需要。

高速铁路因其速度快、运载能力大、能耗低、占地少、污染小和安全稳定的优势，在世界各地得到了蓬勃发展，使铁路重新焕发了生机。截止到 2000 年，世界高速铁路总长达 6858 千米。而中国高速铁路至今仍是一个空白点。中国铁路如何在较短时间内缩短与世界发达国家铁路之间的差距，答案只有一个：实现中国铁路的跨越式发展。中国力求缩短与世界发达国家铁路之间的差距并不是盲目攀比，而是借鉴经验，为我所用。

中国铁路运力期待快速扩充

铁路专家认为，中国铁路跨越式发展既需要加强路网建设，也需要在高起点上发展，即加快新线建设、增加路网规模总量、完善路网结构和提高路网质量。繁忙干线实现客货分线运输，形成四线或多线运输，主要通道复线化、电气化，形成大能力货运网络，从根本上改变主要通道能力紧张状况。通过新线建设、既有线提速改造和建设高速铁路，形成覆盖全国的快速客运网络，彻底改变铁路制约国民经济和社会发展的被动局面，最终目标是实现人便其行，货畅其流。

中国铁路正瞄准世界铁路先进水平，力求在高起点上发展。当今世界正处在一个日新月异、急剧变革的时代，你在发展，别人也在发展，时不我待。因此，在今后的铁路发展中，我们要从中国的国情出发，大胆引进世界发达国家的技术成果，尽量采用世界先进的、成熟的技术。目标应高一点，起点应高一点。

资深专家认为，中国铁路只有加快发展、跨越式发展，才能从根本上缩短与世界发达国家铁路之间的差距，才能使中国铁路在中国现代化的进程中，真正发挥国民经济大动脉的作用。专家指出，在我国实施可持续发展战略的进程中，构筑以铁路为骨干的资源节约型、环境保护型的现代化交通体系，是十分必要的。

3G：世界期待中国出牌 *

　　近年来，世界重要通信运营商、制造商的代表纷纷造访中国，拜访中国信息产业界领导和重要运营商，游说中国，拓展市场，期待中国早日打出 3G 之牌，拉动世界通信业的发展。

　　继美国高通公司首席执行官来华推介他们的 CDMA2000 技术及其设备之后，世界全球移动通信系统协会（简称"GSM 协会"）首席执行官康威乐也于日前来到中国，就 3G 的商业模式及市场前景与中国有关方面进行了深入的探讨。作为全球通信运营商组织全球移动通信系统协会的代表，康威乐认为，技术体系应该与商业模式一起考虑，何种技术对本国的业务发展有利就应该选择何种技术。他指出，中国政府在发展 3G 时，不仅要考虑通信技术的发展方向，还要通过发展 3G 找到在世界市场发展的机会。

　　第三代移动通信向何处去，正成为世界通信界的最热门话题。

　　据了解，世界移动通信 3G 的技术标准目前有三种，即

---

　　* 本文原载 2003 年 8 月 1 日《光明日报》，文中数字、人物职务和职称等信息均以当日信息为准。

WCDMA、CDMA2000 和 TD-SCDMA。

从目前的现实看，WCDMA，又称 3GSM，是目前市场前景最好的 3G 技术，不仅是因为在全球已有 8.8 亿 GSM 用户，今年年底或明年年初将突破 10 亿大关（这意味着在全球移动用户中每 7 个人中就有一个 GSM 用户），还因为全球 85% 的移动通信运营商已经选择了 WCDMA 作为走向第三代移动通信的技术标准。CDMA2000，则是正在迅速发展的新兴技术体系，以美国为代表。TD-SCDMA 作为由中国提出的世界标准，在中国这个最大的通信市场上也有自己发展的理由。

因此，中国上不上 3G，何时上 3G，上哪一种标准的 3G，就成为全世界通信界密切关注的重要参数。这不仅因为中国拥有世界最大的通信网络和庞大的市场，拥有 2.249 亿 GSM 用户（也就是说，全球四分之一的 GSM 用户在中国），还因为中国的 3G 选型将直接影响世界移动通信领域的走势，直接影响世界通信市场未来的商业模式和商业价值。

业内人士指出，3G 是中国的一张大牌，出牌一定要慎重，宁可缓出、慢出，也不能急于出牌，更不能出错牌，影响自己的发展。在 3G 的选型上，不仅应该以最低的成本为最大多数的人提供最佳的服务，而且应该考虑中国加入世界贸易组织和 2008 年举办奥运会等因素。中国上 3G，应该有利于中国通信业整体的对外开放与扩大出口，提高在世界通信领域的竞争力。历史的经验证明，发展一种新技术，在市场上要成功，不仅要关注技术，还要关注商业模式与商业价值链。可见，在发展 3G 问题上，技术的新鲜度与市场的成熟度、商业的成熟度等都是必须认真考虑的要素。在这方面，媒体也要十分慎重，一定要冷静、客观。

中国在 2G 上的发展非常迅猛，已经迅速崛起为全球最大的市场，3G 也必然会继续保持这一良好的势头。在 2G 阶段，不仅中国通信运营商势头强劲，制造商也迅速成长。仅今年 5 月，中国就制造了 1047 万部手机，有 21 家 GSM 制造商出口手机。华为、中兴在 GSM 的发展方面也已经成功地打入俄罗斯、泰国、印尼等国际市场。中国已经成为全球移动通信的主力军。

有消息说，中国原先制订的 3G 发展方案已经回炉重造，也许这并不是坏事，慎重慎重再慎重，既有利于中国与中国通信业的发展，也有利于世界与世界通信业的成长。

我国民族移动通信产业迅速崛起 [*]

近年来，我国移动通信发展迅猛。目前，全国移动通信用户已经超过 3500 万户，据专家预测，明年年底，将达到 4500 万户至 5000 万户。在移动通信业务发展的同时，民族移动通信产业也在迅速成长。

刚刚在瑞士名城日内瓦闭幕的世界电信展，首次将中国移动通信产业的风采集中展现在世界电信界的面前。

鲜艳的五星红旗在展览大厅内高高飘扬，中国华为的广告灯箱映亮了日内瓦机场……中国民族移动通信产业正在迅速崛起，令每一个中华儿女为之自豪，为之激动。

齐心协力，共同推进民族移动通信工业发展

通信信息网是国家的命脉。特别是移动通信网，它是增长速度最快、潜力最大的基础通信网之一，其国产化程度对国家经济发展和安全意义尤其重大。

进入 20 世纪 90 年代，我国通信制造业的自主开发能力迅速增强，为中国在新生的移动通信领域赶上发达国家、掌

---

*本文原载 1999 年 10 月 25 日《光明日报》，文中数字、机构名称等信息均以当日信息为准。

握自主知识产权的技术提供了条件。

进入 1999 年，大唐、华为、金鹏、中兴等自主开发的 GSM 系统设备先后取得信息产业部颁发的电信设备入网许可证，并步入产业化的发展阶段。目前，国产 GSM 系统设备已经广泛地应用于全国十多个省、自治区、直辖市，并承担了全国移动骨干智能网和骨干信令网的建设任务。

国产移动通信工业的崛起，不仅打破了国外设备垄断中国市场的局面，而且其过硬的技术水平和性能品质，为国家节约了大量投资资金，并迅速推动了"移动智能网""移动呼叫中心"等新技术在中国移动网上的应用。

国产 GSM 的群体突破仅用了 4 年时间，较国产交换机的突破缩短了 6 年。之所以能在如此短的时间内取得巨大的进步，与党和国家领导人的关怀、信息产业部领导和各级电信部门的支持是分不开的。

国家和有关主管部门的领导人曾多次指示，要借鉴国产程控交换机的经验，把我国移动通信产业搞上去。尤为可贵的是，各级电信部门、有关研究机构为国产移动通信设备的试验、测试、应用提供了大量实际帮助。在我国自主开发的 GSM 的成长、成熟道路上，广大运营部门表现出了宽容、理解和支持的态度。他们对于发展民族移动通信工业的贡献，将与制造业一同载入史册。

在原邮电部移动通信局有关领导的直接关心和支持下，国产移动通信设备获得了大量宝贵的试验、应用机会。在贵州、内蒙古、河北、上海……国产设备陆续开通了实验局。原邮电部移动通信局还委托国内一流测试机构的专家们组织先进的测试装备，昼夜奋战在国产 GSM 的实验局，进行全面、严格、一丝不苟的性能和功能测试，以便使这些产品早日走出实验室，走向成熟、稳定，经得住市场的考验……

1998 年 11 月 3 日至 5 日，信息产业部组织召开了"国内生产移动通信系统设备用户协调会"，这是 GSM 产业化发展进程中的一个里程碑，也是一次全国性的扶持民族移动通信工业的重大举措。它的召开为国内主要生产厂商提供了难得的供需见面机会。协调会成果显著，共签订了 700 多万用户的意向协议。

1999 年以来，我国移动通信产业实现全面突破。国产 GSM 已经在全国范围的大规模应用中，给国家和移动通信运营业带来了丰厚的回报。

移动通信国产化战略意义重大

扶持民族移动通信工业的远见卓识，很快得到了实践的检验。在我国自主开发的设备推出之前，国内 GSM 设备市场的价格水平一直居高不下，但国产 GSM 进入市场，迅速打破了这种局面。1999 年，凡是有国产设备参与竞争的项目中，进口设备普遍大幅降价，平均降幅达 30% 左右。据悉，辽宁省今年 GSM 建设量约为 200 万用户，约合 16000 个载频，原计划投资 5 亿美元，由于引入了国产设备，实际只投资了 4.1 亿美元，节约了 9000 万美元，折合人民币 7 亿多元。另据调查，福建省第 5 期 GSM 扩容规模为 188 万用户，计划总投资也接近 5 亿美元。同样由于引入了国产设备，节省投资近 9000 万美元，实际投资不足 4.1 亿美元。

这些数据清楚地表明：国产 GSM 参与市场竞争，为国家节约了大量的建设资金。事实上，目前，许多国内厂家尚未参与的项目，进口设备价格仍然居高不下。随着国产设备市场份额的扩大，平均价格下降的趋势将愈加明显。

移动通信的投资节省主要缘于两个因素：第一，国产设备在技术、品质方面达到了世界水平，并在性能、功能等业务上具有独特的优势，完全有能力替代国外设备；第二，国产设备价格比国外 GSM 设备低，同时带动国外设备价格大幅下降。综合两种因素，将导致国家移动建设节约资金20%～30%左右。预计到 2003 年，我国四年 GSM 设备投资总额至少为 2000 亿元人民币。保守估计，按平均价格下降25%计算，仅此一项，就可为国家节约 600 亿元人民币，这相当于近年来移动通信的年平均建设投资。

移动通信的快速增长对国民经济的直接贡献率将不断提高，成为我国国民经济新的增长点，带动相关产业的发展，从而促进经济增长方式的转变。

创新、需求互动，有利于民族移动通信运营业、制造业的共同发展

目前，我国已建成世界第二大规模的移动通信网络。随着移动用户需求日趋多样化、复杂化，以及运营市场逐步引入竞争，如何在推进基础建设的同时，积极优化网络结构，提升技术水平，开发符合国情的新业务、新功能，挖掘潜在的网络效益，成为运营业日益关注的焦点问题。

积极扶持运营业使国产设备在规模化的应用中日趋成

熟。同时，民族移动通信的产业化，又为技术持续创新提供了应用基础和投资保障，从而进一步推动制造企业加大技术开发力度，不断推出更为全面、先进和贴近中国需求的产品技术。这种创新和需求使民族移动通信工业逐步进入良性循环的轨道，从而在新技术发展的潮流中，抓住成长和发展的机会。

1998 年和 1999 年，连续启动的国家移动骨干信令智能网和移动骨干智能网两大工程的成功给我们留下了宝贵的启示。1998 年 4 月，原邮电部移动通信局与深圳华为公司签署了全国移动通信 7 号信令骨干网一期工程的合同。尽管事先经过了严格的国际招标和产品测试、考察，但由于这是我国自主开发的主设备在移动骨干网上的第一次大规模应用，原邮电部移动通信局承受了巨大的压力。当时，移动通信局局长表示，国产设备技术先进，应该创造一个网上应用、积累经验的机会。华为公司则表示，决不以落后的设备装备我国的移动通信网。

在随后长达数月的安装、调整测试、割接运行中，国产 STP 设备在技术先进性和产品的稳定性上表现出众，大大超越了同时参与建设的国外设备；华为公司的技术支援、工程服务水平更赢得了各地移动局的一致好评。由于国产 STP 的出色表现，其不仅在 1999 年的二期工程中获得连续采用，而且带动国外产品的价格降至一年前的一半左右。

1999 年 8 月，原邮电部移动通信局再次采用华为的设备，开通了覆盖全国 12 个大城市的移动智能网。华为掌握了基于国际最新规范 CAMEL Phase II 的智能网技术，使中国成为率先采用这一先进技术开通移动智能业务的国家。

实践证明，在移动智能网、移动 IP、移动呼叫中心新技术领域，国内制造业的开发速度不比任何一家跨国公司逊色，并形成了自己的优势；同时，我国在 GPRS 和第三代移动通信的研究开发上基本同步于世界潮流。目前，国内制造业已经全面掌握了移动通信系统的核心技术，并形成适合中国网络建设需求的全套设备和解决方案，包括双频 GSM 交换设备、基站设备、短消息中心、移动智能网、信令网、呼叫中心、IP 网关，以及基站传输、电源和监控设备。这无疑将增强我国移动通信网络的竞争力以及我国在移动通信领域的技术创新能力。

小平故里春运忙 [*]

  春运是伴随着我国改革开放，伴随着现代化进程而不断发展、壮大起来的特殊现象。今年是我国改革开放的总设计师邓小平同志 100 周年诞辰，记者今天特意来到邓小平同志的故乡四川广安探访春运。

  广安是一片红色的土地，它养育了一代伟人，它也是全国重要的民工输出源头。目前，全市 450 万人口中，每年通过铁路进出打工的民工就达 120 多万人次。记者在新建成的广安火车站看到，准备出行的民工熙熙攘攘，他们在广州、福州、上海、北京等方向的售票窗口前排成了一条条长队。青年志愿者、铁路公安人员等则在维持秩序。一位青年农民告诉记者，他在福州打工，去年年底顺利拿到了工钱，今年想早点过去继续工作。

  外面的世界很精彩，走出去天地广阔。当年小平同志 15 岁就告别家乡，踏上了赴法留学的旅程，从此揭开了人生的新篇章，开启了中国革命的新天地。广安的火车站挂着醒目的横幅："欢迎民工外出打工致富！"车站的展板上写着："打

  * 本文原载 2004 年 1 月 30 日《光明日报》，文中数字等信息均以当日信息为准。

工骄傲、致富光荣，广安站助您走上致富之路。"

为了帮助民工外出打工，广安火车站确立了"建民工源头的温馨驿站，做经济发展的运输支撑，展特色旅游的靓丽窗口"的服务目标，强调服务过程的真情实意。为方便民工购票，车站增设了售票窗口，实行24小时售票，并在邻水、武胜等地设立了5个售票点，送票下乡，深受民工欢迎。为提高服务质量，他们建造了广场绿化带，新设了电子显示系统、服务引导系统，并对站台、风雨棚进行了全面更新改造。

这是一片充满希望与期冀的土地。早春的气息飘荡在广安的土地上。新建成的双向四车道大路直通小平故里。大道两旁，全国各行各业捐种的树木生机勃勃。为迎接小平同志百年诞辰的到来，广安人民正在精心梳理城乡，广安火车站则紧紧抓住春运的大好时机，努力把车站建设成为出行民工的温馨驿站和致富起点，把伟人家乡的铁路窗口打造得靓丽生辉。

孙中山故乡的新追求 *
——来自广东省中山市基层一线的报道

中山市，位于广东省广州市东南方向，百八十里的距离，在珠江右岸。中山原名香山，因系孙中山先生故里，1925年更名为"中山"。1925年3月12日，孙中山先生病逝于北京，为纪念伟人，遂将香山更名为中山。

今天的中山，早已是一个美丽宜居的城市，一个温馨幸福的南方小城，一个获得过联合国宜居奖、世界设计大奖、"国家生态城市"称号的小城。城市街道宽阔，市区没有一座立交桥，立体交通采用下沉式过街隧道。城市整洁、优美，绿色铺满了街道。城区职工上班路上平均耗时仅需18分钟。

中秋时节，因参加中山市纪念辛亥百年的活动，我们走进伟人故里，深入中山的乡村、学校、车间、地头，探访伟人故乡的时代新貌，感知南国城乡的最新气象。

翠亨村的旅游理想

孙中山先生1866年11月12日生于中山市南湖镇翠亨

---

*本文原载2011年《中国报道》第11期，文中数字、地名、人名以及人物职务和职称等信息均以当日信息为准。

村。在这里，他度过了自己的童年，感知了封建中国的种种束缚。他13岁时离开小山村，开始了波澜壮阔的人生旅程。

翠亨人民以中山先生为荣，继承与弘扬中山精神，在建设保护伟人故里的过程中，不断探索发展之路。

走进山村，但见绿树村边合，新房傍路修。村容整洁、村貌秀丽，画意诗情，溢于山村。以孙中山故居为核心的山村，规划建设得如同一个宜人的花园。

翠亨村村支部书记张锦华告诉我们，早年孙先生在家乡时，村里不足60户人家，是个典型的南方小山村。现在全村有村民3000多人，年人均收入15000多元。还有港澳移民及海外侨胞2000多人，分散在世界许多地方。村里建有卫生室、文化活动站、幼儿园、小学。小学还是孙中山先生亲自题写的校名。前些年，村里为帮助村民致富，也开发建设了一些村办工业，目前在村里打工的外地人还有2万多人。

张锦华说："在发展中，包括翠亨人在内的中山人认识到，翠亨的价值不在发展多少经济、增加多少收入。为华夏儿女保护好一代伟人成长的环境，供人们凭吊、祭奠，这才是翠亨村最大的经济发展目标、最重要的使命和责任。"市里也及时组织专家学者，对翠亨村的发展进行了科学论证。于是，大力发展旅游业，建设国际旅游小镇，成为翠亨村的崭新目标。

翠亨人积极开拓，在绿树青山间建起了"画家村"，为艺术家们提供了一个优良的创作基地。一位来自东北的画家已经在这里生活了10多年，创作了许多作品，如今他自愿当起了"画家村村长"，为文化人服务；在村边空地上，村里投资建起了崭新的运动场，有篮球场、羽毛球场、乒乓球场等，老旧的祠堂也被改造为文化活动站。浓浓的绿荫下，七八个老人正在休息、聊天，一派怡人景象。全村为老人们提供了良好的福利。女到55岁，男到60岁，村里为他们每人每月提供700元养老金、15斤大米，可保其衣食无忧。张锦华自豪地说："这使回村探亲的港澳移民和海外侨胞羡慕不已。"

罗章友老人是抗日时期东江纵队的战士。他在80多岁时，将自己家二层楼的一楼的两间房开辟为"农家书屋"，义务为村民提供图书阅览服务，丰富村民的文化生活。在小小的农家书屋里，我们看到，村里大人小孩自发为书屋捐书。书屋门上还贴有大红的感谢信，记下了捐书村民的姓名、年龄、捐书数量。时间长了，红纸已经褪色，但村民捐书的热情依然不减。书屋不大，千八百本书，二三排书架，整整齐齐，书香袭人。市政府颁发的"农家书屋"匾额静静地安放在书屋一角。真是室雅何须大，书香不在多。遗憾的是，罗章友老人前几年刚刚过世。我们向书屋敬献了几本《中国报道》杂志，聊表敬意。张锦华书记说："村里准备将这个农家书屋搬迁到村里的公共建筑，将其扩大后更好地为村民服务。"

在翠亨村一个小自然村落里，我们走进了原东江纵队女战士何兰欢老人的家里。这是一座二层小楼的院落，整洁明亮。快90岁的老人，依然保持着战士活泼开朗的性格。一头白发，戴着老花镜，牙口略差，但身板硬朗，走路平稳，说话风趣。老人说："我们生活得很幸福。"说话间，她从桌上拿起一个小小的放音机，打开开关，熟悉的国歌声随之响起。老人开心地说:"国家在我心中。每个重大节日,我都会放响国歌,在心里升一次国旗。"

纪念中学的教育探索

如果你到过位于孙中山故居旁的"中山纪念中学",看到过花园般秀美的校园,感受过人文气氛浓郁的校风,你一定会在内心产生一种共鸣:这应该是世界一流的中学了。

中山纪念中学成立于1934年,由中山先生的长子孙科秉承其父"谋建设,培人才,为富强根本"的遗愿而创办。当地人亲切地将学校简称为"纪中"。听说我们要来学校采访,纪中校长贺优琳早早地等候在校门口。这位来自江西南昌的中学校长,16年前应聘到这里工作。一来,就再也不想走了。他兴致勃勃地带我们乘坐校内观光电瓶车,沿着高低起伏的道路在校内参观。绿树鲜花点缀的校园内,红砖建造的校舍错落其间,风情万种。体育场、排球场、网球场、种花池、小河塘、微公园,穿插其间,生机盎然。

在一处开阔地的石头上镌刻着这样几个字:"祖国高于一切,才华奉献人类"。贺校长介绍说,这就是纪中的校训了。它体现了中山先生"天下为公"的理想和信念。

建校77年来,纪中已经由当年只有几十名学生的小学校发展成为拥有90个高中班、24个初中班的完全中学,在校学生6200多人,教职工2000多人,成为广东省重点中学。

在挂有孙中山手书"天下为公"和宋庆龄题写的"中山纪念学校"匾额的学校会议室里,贺校长向我们详细地介绍了纪中。70多年来,不管世纪风云如何变幻,纪中始终坚持把教书育人，为国家培养有用之才作为己任，努力塑造全面发展的学生。

贺校长介绍说："纪中的教育不仅仅重视文化课的学习，更重视学生素质和人格的全面培养，大力提倡生动活泼的校风。坚持因材施教，兴趣教学。大多数中学学生不感兴趣的体育课，在这里成为乐在其中的趣味课。学校根据每个人的兴趣、爱好，重点培养一至两门运动兴趣，进行趣味体育教学。或跑步或打球，或定向越野或狂跳街舞，可谓生龙活虎。每到上课时间，校园内静悄悄的，一派严谨治学景象。下午四点以后，纪中就欢腾开了。锻炼的、演出的，各展所长。"

在纪中，学生干部轮流竞聘上岗，为的是全面锻炼学生的组织协调能力。学校开展了每周一演活动，每个年级每个班，每周五轮流演出文艺节目。全年学校还要排演六台大戏，锻炼队伍。为了纪念辛亥百年，学生们编排了两台节目，还到中山市里演出，深受市民欢迎。纪中讲堂，则是学校开阔学生视野的阵地，每月一次，邀请国内外名人前来演讲，天文、地理、自然、社会，五花八门，包罗万象，学生大呼过瘾。

"纪中的毕业生，以活泼开朗、组织协调能力强、整体素质高受到各地高校的欢迎，"贺优琳说，"纪中的定向越野运动队，则经常代表国家青年队参加各种比赛。一个小小的中学，培养出100多名国家一级运动员，200多名国家二级运动员，还有数名运动健将级运动员，为大学和国家输送了许多优秀的运动人才。当然，纪中的文化教育水平也是很高的。刚创办时，纪中曾经面向全国招生，现在也是广东省重点中学。纪中的学生在全国数理化、天地生，以及全国青少年科技发明等硬碰硬比赛中年年获奖。"纪中，是一所让人难以忘怀的学校，更是一个培育人才的大磁场。

指着校门口不远的一处空地，校长说，那里将建起一座高水平的天文馆。这也许将是海内外中学里不多见的天文馆。学生们不出校门，就能追问天穹，探知宇宙的奥秘。

小镇沙溪的民生实践

在中山先生的三民主义中，民生是非常重要的内容。如何在生产发展中体现民生关怀，是中山人发展经济的考量。

中山市有 20 多个乡镇，在 20 世纪七八十年代时，改革开放大潮涌动，中山人也是心潮澎湃，能上什么项目就上什么项目，什么东西赚钱就发展什么。结果，五金、机械、化工、纺织等一哄而上，资源浪费，效益欠佳，环境也受到不同程度的破坏。

孙中山先生在《建国方略》中提出要科学布局产业，统筹发展经济。中山人经过反复思考，做出了"一镇一品"的战略决策，也就是在一个乡镇内集中力量发展一两个主导产业，从而在全市形成布局合理的产业结构并付诸实践。

沙溪镇 20 世纪 30 年代就开始发展纺织业，逐渐形成了规模。改革开放后，他们又以纺织业为主开展"三来一补"来料加工。但"为他人作嫁衣"的日子总是受牵制的。慢慢地，沙溪人从服装世界中选择了休闲服装作为自己的主攻方向，渐渐打开了一片天地。

2000 年，沙溪休闲服装迎来了重大转折。这一年由中国纺织协会和中山市政府共同举办的"中国休闲服装博览会"在沙溪举行。全国十大休闲服装品牌，沙溪入围了七项。"休闲服装看沙溪"成为服装界的共识。"这是我们沙溪经济发展中的里程碑。"沙溪镇人民政府经济贸易办公室主任彭灿森说。

彭灿森，沙溪人，2002年从广州海洋大学计算机专业毕业后回乡就业，一直在镇里从事经济管理工作。他对沙溪服装业如数家珍。

沙溪休闲服装已经成为全镇的支柱产业。全镇经济总量中80%是服装业。去年全镇工业总产值222亿元人民币，服装业占了180亿元人民币，其中镇内服装出口2.8亿美元。

沙溪服装产业发展也经受了考验，特别是20世纪末的亚洲金融风暴和还在演变的全球金融危机。这两次危机使全镇服装业出口下降，企业效益下滑。小企业创业快倒闭也快，每年全镇倒闭三四百家小企业，又新创办三四百家企业，总体动态是平衡的。更重要的是，经过危机考验，出现了"强者更强"的趋势，大企业不仅受影响小，而且生产更加集中，订单不降反升，信誉进一步增强。

彭灿森告诉我们，为了发展休闲服装，镇里做了许多工作。一是为中小企业拓展融资渠道，组织银行与中小企业对接，银行有针对性地提供商业借贷。二是鼓励企业创牌创优。镇里每年拿出1000万元专项资金用于企业转型升级、技术创新，鼓励企业做大做强。三是规范企业行为。针对企业发展不均衡的状况，为减轻企业倒闭给员工带来的风险，从去年开始，他们推行"工资保障金制度"。根据企业规模，一次性地向银行缴纳 10 万元人民币以内保障金，防范危机。如今的沙溪已经从名不见经传的小镇发展成为全国有名的休闲服装产业基地，拥有服装企业 2000 多家。

"当然，"彭灿森说，"沙溪服装业还很不理想，星星多月亮少：全镇年销售额 2000 万元人民币以上的企业有 156 家，民营占主体；年产值 1 亿元以上的企业有 20 家，5 亿元以上的企业则不超过 5 家。我们还有很大的发展空间。"

他介绍说，下一步，全镇将重点加强服装业的升级换代，运用先进技术提升优势产业，大幅提升品牌比例，增加附加值。为此，镇里开始两大重点建设，一是建立全镇电子商务中心，加大电子商务发展力度，提升管理水平；二是建设创意产业园，与中国纺织学院、广州美术学院等高校合作，在沙溪成立中山市休闲服装研究开发中心，引进国内外知名设计师入园创意，开发特殊功能性面料，设计更符合人体功能，更舒适、实用的休闲服装。

他说："全镇现在居民人均年收入超过 2.5 万元，农村人均年收入超过 1.3 万元。今后随着产业的不断发展，人们的收入水平会更加提高。这是中山先生倡导的大力发展民生的必然要求。当然，我们也要防止产业单一带来的市场风险，开发一些新兴产业，特别是加大第三产业的发展速度。这也是符合珠江三角洲发展规划的。"

10 月 10 日，中山市区新的旅游项目——岐江夜游正式启动。主人热情地邀请我们参加夜游中山首航。雨后天晴，晚风习习，快意爽人。从中山天字码头，也就是当年孙中山先生告别家乡踏上追求真理坦途的码头登船，坐上雕梁画栋的仿古龙船"孙文一号"，沿着流光溢彩的岐江游览。江上风清，游船穿梭。中山人在游船上用闪亮的霓虹灯打出了自己骄傲的品牌，如"中国灯都——古镇镇""休闲服装看沙溪"等，群星闪烁，美不胜收。游人们兴致勃勃地乘船观览中山美丽的夜景，其乐融融。有道是：伟人故里添夜游，和美中山披锦绣。长虹飞瀑景观壮，水岸千灯万影流。

祝福你，滨海新区！ *

　　每一个人都有每一个人的因缘，每一片树叶都有每一片树叶的轨迹，每一寸土地都有每一寸土地的故事。天津滨海新区，一个后发的新区，正在吐纳人类文明的成果，演绎着高起点、新征程上的创业新话。

　　塔吊林立、尘土飞扬，"天河"狂奔、"分子"裂变，楼厦凌云、大路钻地，荒地披绿、动漫加速……这是今日滨海新区的杂糅印象。这个位于天津东部沿海的国家级综合试验区，正以其后生的勇气，大步加速着开放开发的步伐。这个总投资规模将达到1.5万亿元人民币的开发区，去年一年总建设规模就达到3000多亿元人民币，相当于每天投资10亿元人民币。这是继"珠三角"深圳特区、"长三角"浦东新区之后，中国北方环渤海一个新的特区，一个新世纪可持续发展的增长点，一个新希望的所在。

　　走进滨海新区，火热、生机、希望在这里交响；高技术、新智能在这里汇聚……以天河超级计算机为代表的世界一流的高技术，构筑起滨海新区的智力中枢。以超级计算为

---

　　* 本文原载 2011 年 9 月 14 日《光明日报》，文中数字、地名、人名，以及人物职务和职称等信息均以当日信息为准。

基础的航空航天、现代生物、动漫产业等，正在茁壮地成长。而以风能、太阳能等大自然能源为基础的现代生态城则为滨海人创造着先进、舒适、环保、健康的崭新居住区，催生着崭新的生态文化。

改造盐碱地、开发蛮荒地、利用滩涂地……在无序的滨海创造着有序、可持续的新兴文明基地，为天津，为环渤海地区，为中国北方探索着、创造着、建设着一片崭新的人类新乐园。这是滨海人的一大创造，这是现代化生存的一大创造，这是人类发展的一大创造。

在滨海新区，你会看到许多新鲜的景象：生物医药基地旁，盐碱地里，生长着袁隆平院士培育的水稻新品种；国家动漫基地边，荒野地上，中国与新加坡共同兴建的生态城正在加速生长；中心商务区机声隆隆的工地边，亚洲最大的极地海洋公园里，南极帝企鹅与北极狼各自享受安乐时光……

一个人要成长，需要不断吸收新知识，拓展新视野；一个国家要发展，需要不断推出新战略，开辟新的发展空间。幅员辽阔、人口众多的中国要实现现代化、持续成长，就要不断寻找新的成长空间，实现区域协调发展、全面进步。滨海新区是在吸收了深圳特区、浦东新区经验的基础上推出的。也许正因此，滨海新区的起点更高、担子更重、责任更大、前途更光明。

"十大战役"，由南到北整体布局、从东到西统筹推进，支撑起新区建设的宏大场面；"十大改革"，创新驱动激活机制，内生增长搞活体制，提升着新区各项工作的效率。开发区、保税区、高新区、中新生态城、未来科技城等，将滨海新区塑造成全国形态最多、功能最全、政策最优、环境最佳的投资热土。

用不了多久，或三年或五年，最多十年，这一片土地就将集聚全球的注意力，就将展现出更新更美的画图，这是中国下一个十年的增长点，这是人类东方一片充满希望、溢满光荣与梦想的土地。

这就是生生不息的滨海新区，这就是生生不息的天津，这就是生生不息的中国。当年，天津人请小平同志为天津开发区题词鼓励，小平同志凝神静气，提笔挥毫，映入人们眼帘的则是"开发区大有希望"七个大字。虽然少了"天津"两个地域名字，但却展现出一代伟人更深更远的思考与祝福，令人折服，使人敬佩。

毕竟，一花独放不是春，万紫千红春满园。

滨海新区：我们期待你，捷报频传！我们祝福你，生机无限！

井冈红歌女 *

在井冈山红军行列中，有一位烈士名叫江志华，他自从跟着毛委员参加革命后，就再也没有回来过。老人的妻子开始总以为老人还活着，日夜期盼着丈夫精神抖擞地出现在自己面前。新中国成立后，她从返乡探亲的同乡红军那里才得知老人早在战争岁月就已经为革命事业而英勇献身了。根据同乡红军的指点，家人从战场上只找到了一本写有烈士名字的创作歌本，就算是烈士的遗物了。然而，就是这本革命遗物，演绎出了一段可歌可泣的故事。

烈士的孙女江满凤，是一个文化水平不高的妇女。她经过自己的努力，报考当上了井冈山旅游发展总公司龙潭景区的巡逻清洁员。龙潭风景区有五个瀑布，分布在高低落差600多米的深山峡谷间。她就在这个风光秀美、景色宜人的风景区兢兢业业、默默无闻地工作着。

有一次，她在巡回清扫中发现，下面的游客走不动了，坐在山间休息，一边休息一边喊累。她看在眼里，急在心上，情急之下，灵光一闪。她站在一个无人的地方，亮开嗓子，

---

* 本文原载 2010 年 9 月 4 日《人民日报》。

唱起了爷爷歌本上的那首歌曲《红军阿哥你慢慢走》。优美的旋律、动听的歌声在龙潭的山涧里回荡，在飞瀑的伴奏中传响。游人被深深地吸引了，循着歌声的旋律找寻歌唱者。

当游人走到江满凤身边，问这位不起眼的清洁工："扫地的姑娘，你看见有谁在唱歌吗？"

江满凤平静地说："是我唱的。"游人不敢相信自己的眼睛，就说："真好听。你再唱唱，我们给你钱。"满凤说："唱歌可以，但我不要钱。"游人不解地问："为什么？我们在城里点歌都是要给钱的。你不要不是亏了吗？"满凤说："我是红军的后代，我是井冈山人，我唱的是我牺牲的爷爷遗留下来的歌曲。我有了工作，有了一份工资，不能再要你们的钱。"于是，她又展开歌喉，为游人唱起了红色的歌，那充满感情的歌声一次次在龙潭的山涧里回荡。游人们被优美的歌声，更被井冈山红军后代无私奉献的精神深深地打动了。临别时，大家一一和满凤握手，表示感谢。满凤也非常高兴，自己的歌声为游人增添快乐，她心里得到了极大的满足。

再后来，电视片《井冈山》的导演辗转听说满凤的故事后，找到满凤，希望她把歌词献给剧组，作为电视片的主题歌，由他们找名演员唱。满凤二话不说就把歌词、歌谱给了导演。可导演回去找了个名演员，人家报了价，挺高。井冈山人不干了：凭什么一首歌给那么多钱？我们还不如把这些钱资助给江满凤。导演又找到了满凤，她二话不说答应了。导演说："你要多少钱？"满凤说："我一分钱也不要。如果可以的话，请在电视片上写上歌词作者我爷爷的名字。"

导演被深深地感动了。

满凤唱了，平生第一次进录音棚唱歌，她唱得很投入。导演很满意，领导们很满意，观众们也很满意。而"报酬"呢，只是在电视片结束部分的鸣谢中第一个出现了她的名字。

满凤说："我的本职工作就是为景区扫好地，给游人提供一个干净整洁的环境。工作间隙，我给客人唱我爷爷的歌，我很开心，客人也开心。这就够了。"

后来，组织上多次想给满凤调一个轻松一点的工作，还可以增加不少工资，这对于上有老下有小，一大家子还在乡下务农的满凤来说，是多么重要啊。可是满凤都婉言谢绝了。满凤说："我的文化水平不高。我还是踏踏实实扫我的地吧。扫好地也是贡献啊。"

当满凤非常平静地给我们讲述这段经历时，许多人的眼睛都湿润了。心灵的感动与震颤，让人久久不能平静。

袁文才烈士的孙子袁建芳接过话题说："作为烈士后代，组织上已经给了我们很多关照，我们没有什么大的贡献，只有兢兢业业地工作回报社会。与牺牲了的烈士相比，特别是与那些无名烈士相比，我们感到很满足了。"

面对这些质朴、真诚的红军后代们，你除了感动还能说什么呢？

我情不自禁地想起了鲁迅先生关于民族脊梁的那些经典话语。的确，中华民族不正是因为有数不胜数勤劳勇敢、默默奉献、扎实工作的普通人，才变得厚实、久远吗？井冈山时期的中国共产党人，不正是因为有英雄人民的支持，才有了在革命低潮时躲避风雨，恢复元气，再奋起抗争的机会吗？毛泽东等老一辈无产阶级革命家，不正是因为有红米饭南瓜汤的养育，才能在五百里井冈，辗转腾挪，与敌军周旋，从中国的实际出发，找到了一条中国特色的革命之路吗？星星之火，终于燎原成磅礴之势，红色中国终于穿云破雾屹立于世界民族之林。

没有井冈山，就没有根据地；没有井冈山，就没有星星之火；没有井冈山，就没有中国革命之路；甚至可以说，没有井冈山，就没有新中国啊。井冈山，井冈山人民，井冈山那些长眠于祖国山山水水间的英烈们，请接受我们深深的、深深的敬意！井冈山，历史为你而自豪，祖国为你而骄傲。

井冈山传统不能丢，井冈山精神永放光芒！

有道是：碧玉珍珠喷雪，山林毛竹吐翠。楼台亭阁添景，红歌仙女增辉。

红旗渠精神随想[*]

一

什么是红旗渠精神?

百度百科解释说:红旗渠动工于 1960 年,勤劳勇敢的十万林州人民,苦战十个春秋,仅仅靠着一锤一铲两只手,在太行山悬崖峭壁上修成了这全长 1500 多千米的红旗渠,结束了十年九旱、水贵如油的苦难历史,而且孕育了"自力更生,艰苦创业,团结协作,无私奉献"的红旗渠精神。

劈开太行山,漳河穿山来。在这场党领导的气壮山河的"引漳入林"伟大实践中,孕育形成了可歌可泣的红旗渠精神。这是中华民族伟大民族精神的彰显和升华,也是对中国共产党全心全意为人民服务根本宗旨的继承和发展。

秋收时节,我们外文局机关干部前往太行山深处的红旗渠学习精神、锻炼党性,所见所闻、所感所悟,发人深省、令人振奋。这一精神,在 21 世纪,中国人民奋发努力、共筑中国梦的新的历史条件下,仍然具有强大的生命力,值得我们认真汲取,发扬光大。

---

*本文原载 2011 年第 10 期《中国报道》,文中数字、地名、人名,以及人物职务和职称等信息均以当日信息为准。

二

红旗渠从设想、勘察、决策到修建的全过程，无不体现了"为了人民、依靠人民、敢想敢干、实事求是"的辩证统一思想。红旗渠全长 1500 多千米，全线落差坡度 1/8000，要翻越无数道山梁沟坎，从山西引来漳河水，在长距离流动过程中，还不能造成淤积……所有这些，没有科学决策、科学勘测设计、科学计算和施工做保证，是不可能实现的。光有科学的精神、态度还不够，还要有为人民办实事、办好事、办成事的坚定立场和意志，有时甚至要有灵活运用政策的勇气。稍有差池，就有可能前功尽弃。

与红旗渠同时代的跃进渠的经历就是明证。它比红旗渠先开挖 2 年，但晚建成 8 年。其间，经历的曲折，红旗渠也经历了，跃进渠却止步于此了。红旗渠人有为了人民、依靠人民的胆量和底气，他们顶住了压力，继续苦干巧干拼命干，终于迎得活水来，率先建成了造福当代、功在千秋的幸福渠、生命渠、希望渠。

三

"重新安排林县山河"，在 20 世纪 60 年代那个物质、技术条件十分简陋的年代，是多么豪迈的气概，又是多么伟大的创造。身处河南的林县，跨界到山西调水，首先就是解放思想、敢想敢干，同时又立足现实、实事求是，踏实地体现并灵活地运用了党的思想路线。正是如此，才能全县人民群策群力，齐心协力，共筑长渠，共圆大梦。

从精神实质上看，红旗渠精神体现了"立党为公、执政为民"的执政观，体现了共产党人"对人民负责、全心全意为人民服务"的根本宗旨。

面对干旱缺水的恶劣生存条件，当时的林县领导不等不靠，想人民之所想，急人民之所急，解放思想，开拓创新，立足现实，创造性地开渠引水，解决当地人民的生活生产用水问题，改善了当地人民的生存环境，受到人民群众的衷心拥护，为人民办成了一件积德的大好事，促进并改善了林县经济、社会、生活和生产条件，为林县的发展打下了坚实的基础。他们的创造被誉为"世界第八奇迹"。

红旗渠总投资6800多万元，其中，国家资助了1000多万元，其余全部由林县人民自筹解决。缺什么，林县人民就解决什么。工具、水泥、石灰、炸山的火药等等，林县人民群策群力，创造性地实现了自力更生。

四

从表现形式上看，红旗渠精神体现了"逢山开路、遇水架桥"攻坚克难的实干精神。

人是要有一点精神的。有了精神就可能创造出惊天动地的业绩。红旗渠是为明证。当红旗渠建设遇到各种各样的困难时，他们没有绕道走，没有躲避退缩，而是迎着困难上，创造条件解决困难，体现出良好的实干精神。

正如话剧《红旗渠》中那位老大娘所说，红旗渠不开挖，不会有人去责怪林县的领导。红旗渠建设途经高山险壑，困难明摆着，也确实难以解决。尤其是建设初期，由于经验不足，还牺牲了许多民工；环境艰难困苦，加上不同意见，意志薄弱者，随时有理由下马工程、息事宁人。但对于以县委书记杨贵为班长的创业者来说，再大的难关，他们也要闯。因为，他们深知人民在期盼着早日建成大河、早日用上幸福之水。

在整个修渠过程中，林县县委和各级党组织始终如一地坚持身先士卒、率先垂范，真诚地相信群众、依靠群众，为民修渠、靠民修渠。各级领导干部尤其是县委领导同修渠民工同一个追求、同一个梦想，同吃、同住、同劳动、同学习、同商量解决问题，真正与人民群众打成一片，心往一处想、劲往一处使。共产党员、共青团员冲锋在前，在红旗渠工地流汗流血甚至献出了生命。

人心齐、泰山移。建渠10年间，有50多万人口的林县，先后参加工程建设的民工累计约30万人。积十年之功，成千秋之业。党员领导干部和广大人民群众团结在一起，齐心奋斗，共谋大业，这就是我们党和国家各项事业成功的法宝。

一渠兴百业，一渠富万民。红旗渠的修建使林县经历了"战太行、出太行、富太行、美太行"的发展四部曲。当年的林县已经更名为"林州市"。走进今天的林州大地，但见红旗渠渠欢水腾，太行山山清水秀，到处郁郁葱葱，城乡繁荣，人民安康。修建红旗渠锻炼出了林州人的创业精神和创业激情，以红旗渠技术为家底，林州人发展起了建筑业、工程机械业、汽车修理业等产业，红旗渠水浇灌出了农林牧副渔等农副产品及其加工业，林州的大红袍花椒、小米、核桃、山楂等绿色农产品已经形成品牌，销往世界许多国家和地区。

红旗渠水养育出的秀丽山川已经成为游客钟爱的旅游胜地，成为美术家和美术学院学生的写生胜地。遍布林州乡村的农家乐更为当地农民致富开辟了崭新的道路。林州在河南全省经济中的比重大幅提高，农民人均年收入与天津比肩。

五

从实践意义上看，红旗渠精神的价值就在于它发挥了共产党的组织动员能力，体现了社会主义集中力量办大事的制度优越性。

修建红旗渠的困难是非常巨大的，物力、财力、技术水平等现实条件非常欠缺。当时就有许多议论，希望决策者现实一点，等条件具备了再干。

可是深受干旱缺水困扰的林县人民等不起，社会发展进步也等不起。县委县政府顺应人民的期待，果断决策上马工程。他们带领一心盼水求水的人民群众用极其简陋的工具，靠着每天 6 两粮食，奋战了 10 个春秋，建成了被周总理誉为"新中国的两大奇迹之一"的红旗渠。尤其值得称道的是，在修建红旗渠的 10 年中，虽然工程总投资 6800 多万元，但没有一个干部贪污挪用一分钱建渠物资，没有发生过一起请客送礼、挥霍浪费的情况。

红旗渠的故事感动了 1974 年出席联合国大会的全体成员，红旗渠精神感动了许多非洲国家友人。红旗渠成为联合国经常性的考察项目，被许多国际友人称为"当代世界奇迹""人工智慧的结晶""水的长城"。红旗渠以其卓越的创造荣获 2013 年北京国际设计周"经典设计奖"。

红旗渠建设的历程告诉我们，只要我们共产党人真正地为人民着想，真诚地为人民谋福利，人民群众就会拥护我们，支持我们，和我们一起团结奋斗，共同创造人间奇迹。

现实生活中有许多困难需要我们去应对，尤其在全面深化改革、"啃硬骨头""涉险滩"的今天，如何集中人民群众的智慧和力量，团结一心面对困难、攻坚克难，实现新生？这是摆在我们面前的重大现实课题。

六

红旗渠精神孕育萌发于 20 世纪 60 年代，跨越了三年自然灾害、"文化大革命"等艰难时期，艰难困苦、玉汝于成。

当时代的车轮驶入 21 世纪，红旗渠精神还有现实意义吗？答案是肯定的，而且是鲜明的。正如习近平总书记所说，红旗渠精神集中体现了我们党的性质和宗旨，历久弥新，永远不会过时。

红旗渠精神是一面明亮的镜子，折射着党风党性、党群关系等等，可以让我们正衣冠、奋精神、树正气。

红旗渠精神的时代意义就在于它昭示我们，任何时候，共产党人都要以最广大人民的根本利益为重，自觉自愿、主动积极地为人民谋福祉。只要我们真诚地为人民服务、为人民办好事，人民群众就会全力支持我们。

红旗渠精神还告诉我们，党要发展壮大，巩固执政地位，就一定要求真务实，带领人民办实事、解难事，实干兴邦；就一定要反对讲空话、大话、虚话，真正让人民群众感受并享受到发展成果，切实维护好实现好发展好人民群众的根本利益。

在大力推进实现中华民族伟大复兴的历史进程中，我们更要向党的优良革命传统学习，与时俱进，将红旗渠精神等党在不同历史时期带领人民群众创造的时代精神不断发扬光大。在实际工作中，要进一步贯彻党的"解放思想、实事求是、与时俱进"的思想路线，进一步落实密切联系群众的优良作风，进一步弘扬艰苦奋斗、顽强拼搏的革命精神，立足本职工作、扎实努力，科学发展、健康发展，创造经得起实践、人民和历史检验的科学业绩，为实现国家富强、民族振兴、人民幸福的中国梦而不懈奋斗。

科技中国

倏忽之间，马儿踏花归去，小羊接踵而来。2002年，世界经济风云变幻，全球政治诡谲多变。在挑战面前，中国从容前进。如果用短消息的语言来概括中国加入世界贸易组织一年的经典体会，大约是这样8个字："有惊无险，风平浪静"。不仅农产品、金融、保险、电信等行业未受大的冲击，就连最不看好的汽车业也是出乎预料地增长。中国市场独特的生命力与巨大的潜力，在经济全球化的大背景下日益突出。

　　年终岁首，人们在总结过去，思考未来，在检点今后中国发展的走势时，经济学家们坚定地说，必须坚定不移地继续走扩大内需之路，着眼于中国市场，谋篇布局，发展经济、社会、文化、科技、教育等方面，这是时代的选择，也是历史的抉择。

　　2002年，对于中国来说，意义非凡。中国的国内生产总值继续保持持续增长，中国汽车产量从世界排名第八上升到第六；中国科技论文从世界排名第八上升到第六……秋季召开的党的十六大吹响了全面建设小康社会的历史号角，建设更美好更幸福的新生活成为全世界五分之一人口的奋斗目标。这一目标是发展的、成长的、希望的，它对于激活世界经济、文化、科技等，都将产生不可估量的影响。中国是世界的一个重要组成部分，中国需要更积极地推动人类文明进程，同样世界也更加依赖中国。中国对世界的依存度，从某种意义上说，也是世界对中国的依存度。

　　人类社会在高科技的引领下，进入了新的世纪，以全面信息化为基础的发展平台已经建立，人类文明在经历过2000年的历练后，更进一步地依赖于科技提升自己的发展能力，充分提高人民生活水平和工作质量，去开辟更加美好的未来，享受生活。

世界权威人士在分析 21 世纪初的经济模式时深刻地指出，知识管理、无线通信及中国市场是三大基本因素。作为身处中国市场的我们，既要珍视市场、爱护市场，又要积极地拓展市场，用信息化带动工业化，用高新技术带动经济、社会、生活的发展。这就是我们新的目标。

　　值得注意的是，2002 年是加入世贸组织的第一年，"有惊无险、风平浪静"，并不意味着水下没有暗流涌动，我们依然处在世界贸易组织的过渡期，许多冲击可能因为世界经济发展放慢滞后了，但不等于不来，我们不能盲目乐观。看看现在几乎每天争先恐后进入中国市场的外国公司，看看大量前来中国申请专利的外国专家，我们就会有所警醒。今天经济社会的发展比以往任何时候都更加依赖科技，依赖科技的强力推动力。科技引领世界迈向新的境界。让我们同心协力，加大力度推进科教兴国，用科技的力量打造坚强的中国，实现新的跨越式发展。

（原载 2003 年 1 月 3 日《光明日报》）

构筑竞争力：为了中国的明天[*]

　　"科教兴国"战略是我国的重要发展战略，而科教兴国的落脚点则是高新技术的产业化。目前，我国高技术产业发展迅猛，新的经济增长点正在加速形成。在这一发展过程中，国家发展计划委员会根据国家经济、社会发展的总体需要，支持和组织实施了一系列高技术项目，促进了科研体制的改革，带动了传统产业的产业技术升级，取得了重要成绩。尽管在深化科技体制改革的历史进程中，企业已经上升至科技投入的主体地位，承担着新的重要历史责任，但政府在推进高技术发展中仍将发挥不可替代的作用。在参与经济全球化的竞争中，中国高技术产业的发展，在一定的时间内，仍离不开国家的扶持。

　　竞争力强弱是决定一个国家经济体发展水平与能力的重要标志。国家经济的竞争力是由国家内部各行业、各企业乃至一系列关键产品的竞争力组合而成的。经济学意义上的竞争力实际上就是商品的生命力，它指的是一国商品参与市场

　　[*]本文原载 2000 年 6 月 21 日《光明日报》，合作者张翼。文中数字、机构名称、人物职务和职称等信息均以当日信息为准。

竞争的能力。

长期以来，围绕国民经济发展的重大方向，国家计委优选了一批国民经济急需的关键项目，集中力量，深化改革，协同攻关，取得了显著成绩。一大批具有国内外领先水平的高技术成果依托高技术企业实现了产业化。这些企业很多已成为行业的骨干力量，有力地带动了经济发展和产业结构升级。

一种香料与一片市场

香水，为我们这个世界平添了无尽的温馨。香料工业是世界上发展迅速、利润率很高的产业。洋茉莉醛则是香料工业的重要原料。

过去，世界上洋茉莉醛来源于黄樟树根，靠砍树挖根提取香料。这是严重破坏生态的掠夺性行为。这一做法已经导致全球黄樟树资源日渐枯竭，以此为原料生产的洋茉莉醛价格不断上涨，如果继续挖根，植被与生态将受到毁灭性破坏。

重庆嘉顿实业股份有限公司曾经以黄樟树为主要原料生产洋茉莉醛，并实现全部出口。为了香料工业的可持续发展，科研人员潜心寻找替代性的植物。

20世纪90年代中期，公司科研人员终于在三峡库区找到了更好的香料植物——香桂树。这种野生植物，还是我国独有的植物资源。经过攻关，他们实现了野生香桂的驯化栽培和洋茉莉醛合成工艺，利用香桂枝叶提取的香精油比黄樟树还要好，纯度更高，达到国际纯度最高标准99.9%。这是世界香料生产中的重大创新和突破，获得了自主知识产权。

在充分利用三峡库区独有的香桂树资源和特殊的自然条件的基础上，大力发展具有资源垄断的香桂基地，并深加工成国际市场上紧俏的洋茉莉醛系列产品，实现产业化，意义重大。但在发展过程中，公司面临资金短缺等制约，前景不明。

在这个紧要关头，国家计委出面组织专家论证，果断将这一重要成果转化为年产1260吨洋茉莉醛产业化项目，列入1999年国家计委高技术产业化示范工程，为公司的发展插上了高技术的翅膀。

目前，一个18万亩的香桂基地已在三峡库区加紧建设，项目首期工程——年产500吨洋茉莉醛产业化工程已于去年下半年动工兴建，今年秋天有望调试使用。

专家们认为，这一项目将对振兴我国香料香精工业，促进三峡库区建设，保护生态环境，形成具有国际竞争优势的产业产生重要而深远的影响。整个项目建成后，重庆嘉顿公司将成为世界洋茉莉醛的重要供应商，我国在这一领域的国际占有率将达到60%以上。

一个硅片与一个产业

高技术产业是一个高投入、高产出，也是高风险的产业。如何在一系列纷繁复杂的技术成果中发现具有产业化前景的项目，加以培育、扶持，使之发展壮大为现实，是一项充满智慧的事业，特别需要在市场暗淡时，以历史的穿透力发现具有发展前景的项目，更需要勇气、智慧与胆识。

中国硅片的发展就是这样一个充满智慧的历程。

今天，世界正处在信息时代，电子信息产业的发展推动着人类社会的进步，改变着人们的社会生活。信息化程度的高低已成为衡量一个国家现代化水平的标志。在这个发展过程中，每一步都离不开半导体集成电路的支持与更新。

半导体硅单晶材料是半导体集成电路和器件的基础材料，世界上98%的半导体器件由硅片制造。世界硅片的需求量已从1990年的20亿平方英寸增加到1999年的40亿平方英寸，不到10年就翻了一倍，年均增长率达到8%以上。预计2000年后，将以两位数增长，给硅材料市场发展带来新的活力。集成电路技术发展水平很快，每18个月集成度提高一倍，硅片规格越来越大，质量要求越来越高。从1992年到1998年的7年间，8英寸硅片的市场份额就从15%提高到50%，成为硅片的主流产品。

中国硅片的发展凝聚着国家产业政策的支持。根据世界半导体的发展趋势，国家计委依托有色金属研究总院建立了半导体材料国家工程研究中心，安排了有关集成电路攻关计划，组织实施8英寸硅单晶抛光片和5英寸硅单晶抛光片产业化试验线，以年产20万片8英寸抛光片为主的生产线于1998年2月建成并投产。但与世界大型硅片供应商相比，年产20万片8英寸抛光片生产线的生产规模还不具备国际竞争力。要不要在现有基础上进一步扩大生产规模，提高产品质量，对此业内有不同意见。

半导体产业究竟何去何从？国家计委综合考虑了各种因素，从国家信息产业发展的战略高度决策，不失时机地支持有色金属研究总院利用自主知识产权，引进国外先进设备，建设8英寸硅单晶抛光片产业化示范工程，以达到年产6000

万平方英寸（折合120万片）的生产规模。

今天，国际市场8英寸硅晶片供不应求。我国120万片生产线即将全线投产，赶上了销售旺季。科学家们由衷地感谢国家计委的果断决策。正如北京有色金属研究总院半导体材料国家工程研究中心主任周旗钢所说，在低谷投资，在旺季销售，这是一个激动人心的事业，也是一个带有风险的事业，它需要科学决策，更需要战略眼光。

我国半导体硅材料产业的发展历程表明：在关系到国民经济长期发展的关键技术的研究以及产业发展方面，政府起着不可替代的作用。

画外音

香料与硅片的故事，只是国家高技术产业发展中两个小小的插曲。

这里，我们再补充两个小故事：广东风华高新科技集团是片式电容器、片式电阻器、片式电感器的重要生产基地。1999年，国家计委将他们承担的片容、片阻项目列入国债项目优先支持发展的对象。风华集团抓住机遇，大规模投入片式系列元件的基本建设，全年片式元器件产量达到180亿只，占国内内资企业产量的90%以上，并进入全球10大片式元器件生产商的行列。公司全年实现销售收入15亿元，利税3.15亿元，出口创汇11847万美元。

他们已经与诺基亚、摩托罗拉、NEC、三星、菲利浦以及康佳、海尔、东方通信等国内外企业建立了业务联系，为国家定点移动通信生产厂家提供着配套片式元器件，为改变国内移动电话配套元件几乎全部进口的局面、实现移动通信配套元器件本地化努力着。明年，公司将进入全球五大片式元器件供应商行列……

大连凯金精细化工有限公司的农药开发故事又是一个经典范例。我国是世界第二大农药生产国，但农药价值不高，结构不合理，很多有机磷农药面临被淘汰的命运。全国1600家农药厂总规模还不及世界前十大农药公司中一家的生产规模。

在国家计委的支持下，大连凯金精细化工有限公司推出了一系列超高效、无公害农药及其中间体高技术产业化示范工程项目，成功地对新型农药甲氰菊酸实现了产业化。产品投产后，国际十大农药企业已有英国捷利康、德国拜耳、美国杜邦、道农、罗门哈斯等6大公司前来考察，为产品打入国际市场奠定了良好基础。大连凯金正成为我国农药行业研究水平与产业水平的代表。党和国家领导人对该项目的实施给予了充分肯定。

正如广东风华高新科技集团发展中心主任张明选所说的，在国家政策的支持下，中国人完全有能力搞出国际一流的高新技术产业。

装备中国 *
——强身健体的战略选择

中国有一个巨大的市场。这个市场不仅是中国长久发展的基本动力，也是世界各大企业争相抢夺的现实空间。

波音、空客在中国竞争；摩托罗拉、诺基亚在中国较量；通用、大众在中国决战；甚至宝洁、高露洁这样的洗涤用品也在中国争风头，收购中国的品牌。国际大公司在中国市场上可谓咄咄逼人。

经济发展的本质在于创新。面对经济全球化和信息时代的挑战，没有创新就没有生路。我们必须迅速提高自己的竞争力，用高新技术成果，用高新技术产品，用高新技术产业装备自己。

"新舟 60"，跨世纪升空

细心的读者也许还记得今年春天的一幕：3 月 12 日，在北京南苑机场，春光明媚，由我国西安飞机工业（集团）有限责任公司自主研制的国产新一代涡桨支线客机——"新舟60"在这里举行汇报表演。

---

* 本文原载 2000 年 7 月 3 日《光明日报》，合作者张翼。文中数字、机构名称、人物职务和职称等信息均以当日信息为准。

国务院副总理李岚清、吴邦国，全国人大常委会副委员长邹家华、许嘉璐、蒋正华，国务院各部委的代表以及正在北京参加两会的部分人大代表、政协委员兴致勃勃地登上我们自己的新飞机，在祖国的蓝天上翱翔……

　　作为高科技集成产业，航空制造业被誉为"现代工业之花"。但由于种种原因，在"新舟60"之前，投入航线运营的国产飞机性能很不适应当代中国民航市场发展的需要。

　　为了加速我国民用客机制造业的发展，研制新一代飞机，国家计委、航空工业部门以及民航总局经过充分论证，并经国务院批准立项，于1991年完成产品图纸设计后，开始试制。

　　"新舟60"飞机是按照中国民航对50至60座支线飞机的要求而设计生产的，是我国完全依靠自己的力量，通过对科技成果的转化和实施产业化工程而开发的。

　　这款新式飞机，以现代成熟技术为基础，引进国外先进技术和经验，20多项性能测试中有80%的测试结果与国外相当，发动机在吃水、结冰等情况下的安全性能等方面还优于国外飞机，其驾驶品质与国际先进飞机相当，能够胜任在恶劣气候条件下执行飞行任务。中国民航总局已经为它颁发了适航证书。国家计委提出的促进我国支线航空运输和国产支线飞机发展的有关政策已经由国务院批准。国家正式将民用飞机列入重点发展的新兴产业。"新舟60"精品工程和进一步改进项目也已被国家计委列为国家高新技术产业示范化工程项目。

　　目前，北方航空公司、四川航空公司、长安航空公司等企业或已经购买或签订了10架"新舟60"飞机的购机合同，已达成了 20 余架"新舟 60"飞机的购机意向。以"新舟 60"为标志，我国航空工业特别是民用飞机迎来了新的发展机遇。

中国的蓝天应该有自己的飞机。中国民航正在构建内地特别是西部地区的支线运输网络。

挟西部开发之大势，西飞公司正立足西安，力争把公司总部阎良建成中国西部的飞机城，建成中国新一代飞机的研制、开发、生产、销售基地，为 21 世纪的中国蓝天添彩！

雪域金珠，挺进内地

保护臭氧层，是当今人类的共同课题。而威胁臭氧层的重要物质氯氟烃（CFCs）已被国际社会列入封杀名单，2006 年前全面停产。

为寻找替代物质，世界各大制冷企业展开了激烈的竞争。美、英两国投入巨资开发出四氟乙烷（HFC-134a）后，对其他国家实行技术封锁，企图获取超额垄断利润。中国也在被禁行列。

但中国从来不怕封锁。以中国兵器工业公司某研究所李惠黎研究员为代表的一批研究人员认识到：中国是一个大国，氟利昂的淘汰不仅关系到国计民生，更关系到中国的国防工业，决不能受制于外国。

经过两年的探索，他们发现了采取特殊的合成工艺合成四氟乙烷的技术方法，国家计委适时将其列入国家"八五"攻关计划，促成了新技术走向成熟。这一成果获得了一项国际专利、两项中国专利。

西藏金珠（集团）有限公司，是西藏自治区外贸重点企业，它与科研人员密切配合，在西安投资建成了工业中试装置和年产 200 吨的工业装置工程，达到了国际 20 世纪 90 年代中期水平，打破了发达国家对我国的技术封锁和产品垄断，使我国成为继美、英等发达国家后掌握该项技术唯一的发展中国家。

据预测，今年国内四氟乙烷需求量在 4000 吨左右，2010 年将达到 2 万吨，项目前景非常广阔。国家计委又将 5000 吨级四氟乙烷生产装置产业化示范工程项目列入重点支持对象。

值得关注的是，这一项目不仅符合科教兴国战略和可持续发展战略，也是国家西部地区的重要项目，对保护环境、发展中西部经济都具有重大意义。更为重要的是，它是有史以来西藏自治区企业在内地投资最大的一个高科技项目。它对西藏企业走出雪域高原，参与市场竞争将产生重大的影响和良好的示范作用。

画外音

项目是产品之母，产品是产业之源，产业是竞争力之本。在发展我国高技术产业的过程中，包括国家计委在内的政府有关部门，从我国国民经济发展的战略高度出发，以项目为龙头，带动了产业的发展，增强了国家的综合竞争力。

我们欣喜地看到，在国家的推动下，一批具有国际竞争力的产品开始出现。目前，国家计委正在支持的高技术产业化项目达到 400 多项，每个项目都充满希望，每个项目都是中国明天的生产力。

历史性的一跃 *

——见证青藏铁路西藏安多铺轨

历史就这样在你的面前展开：今天上午 11 时 25 分，两台巨大的橙色铺轨机分别向南北两个方向轻展手臂，两分钟左右，两排崭新的水泥钢轨轨排就轻轻地摆放在了海拔 4700 米的安多县帕那镇藏北高原上，西藏自治区没有铁路的历史宣告结束，西藏发展史上崭新的一页从此掀开。

29 岁的匡泽顺，今年刚上青藏铁路就赶上了西藏铺轨这一盛事，而且，他就是今天操纵铺轨机向拉萨铺轨的起吊司机。他显得非常兴奋，他说："这是我人生中的一件大事，能亲身参与青藏铁路建设是我的荣耀。我一定认真铺好第一轨。"在他的操纵下，25 米长、披戴大红绸的轨排轻柔而又准确地落在了广袤的藏北高原上。

安多县妇联主任尼玛潘多今天格外高兴。她身穿节日盛装，高兴地告诉记者："青藏铁路是一条神奇的铁路，它体现了党中央、国务院对西藏人民的关爱。有了青藏铁路，西藏一定会发展得更快、更好！"

今天的藏北高原气象万千，短短的半小时铺轨仪式现

---

*本文原载 2004 年 6 月 23 日《光明日报》，文中数字、人物职务和职称等均以当日信息为准。

场，时而阳光灿烂，时而风起云涌，甚至冰雹也赶来凑一番热闹。蓝天、白云、绿草地与阴云、远山、藏牛羊相映成趣。铺轨仪式现场，彩旗飘扬，锣鼓喧天，群情振奋。

据铁道部[1]副部长孙永福介绍，青藏铁路建设进展顺利，现在已经进入整体推进的关键阶段，"多年冻土、高寒缺氧、生态脆弱"三大难题攻关取得重要进展，工程质量普遍良好。

青藏铁路将成为西部腹地路网交通骨架的重要组成部分，加入到中国社会的大发展中，把西藏带入一个新的发展时期。

安多县帕那镇镇长桑东，是个年轻的小伙子，也就30多岁。参加完激动人心的铺轨仪式，他对记者说："青藏铁路真是一条幸福路、致富路，更是一条希望之路。青藏铁路开工刚三年，帕那镇藏民人均收入就年年增加，去年达到2316元；帕那镇也有了鲜活的气象。青藏铁路对于我们西藏发展来说，是一个飞跃，真正的飞跃！我相信，青藏铁路建成后，西藏的未来一定会更加美好！"

---

[1]现已拆分组建为国家铁路局与中国铁路总公司。

青藏铁路铺架忙 [*]

今天，人们还沉浸在国庆假日的休闲之中，青藏铁路建设工地却是热火朝天。记者清晨从格尔木出发，沿着青藏铁路建设工地采访。一路上，建设者爱国奉献的精神深深地打动了记者。

从全线最长的隧道昆仑山隧道到全线最长的大桥清水河大桥，从不冻泉到五道梁，不时可见到建设者的身影，但施工基本上已被大型施工机械取代。在地球之巅，在静静的高原上，热火朝天的建设场面不是人海战术，而是现代化先进设备的奋战。

灿烂的阳光尽情挥洒在青藏高原上，从格尔木到风火山脚下，280千米的青藏铁路已经初步铺就好，崭新的钢铁大道在片石通风路基、热棒、挡水埝、片石护坡等技术手段的保护下，干净整洁地一路前行。在可可西里自然保护区，一群可爱的藏羚羊在阳光下的青藏铁路边自由自在地散步。

在中国科学院寒区旱区环境与工程研究所 [1]，值班人员

---

* 本文原载 2003 年 10 月 4 日《光明日报》，文中数字、机构名称等信息均以当日信息为准。

[1] 现中国科学院西北生态资源环境研究所。

告诉记者，研究人员下工地去了。在铁科院西北分院[1]冻土研究所，科研人员也放弃休息前往工地工作。鲜艳的五星红旗在阳光下高高地飘扬。

建设青藏铁路是党中央面向新世纪做出的重大战略决策。为了优质、高效地建成世界一流的高原铁路，铁路建设者依靠科学，团结拼搏，在克服了从高寒缺氧到自然条件恶劣等一系列挑战以后，将青藏铁路一点点变为现实。

风火山隧道是全线海拔最高的隧道，也是世界海拔最高的隧道。铁路路基海拔高达4900多米。为了建好这条标志性隧道，承担建设任务的中铁二十局集团有限公司专门成立了科技攻关小组，设立了20多项科技课题，投入200多万元，在充分依靠国内科研力量的基础上，结合隧道实际进行攻关，取得了7项具有突破性的科研成果，为保证隧道顺利贯通创造了条件。

青藏铁路铺轨从北往南，目前已经铺到风火山北口。记者看到，中铁一局集团有限公司的施工人员正在大型铺轨机的支持下抓紧工作。铺轨机像一个巨大的吞吐机，每5分钟左右从它的机架上吐出一排25米长的路轨，施工人员只要略加扶正就行。据工人介绍，他们一般每天干8个小时，平均铺2千米左右路轨，要抢在冬季收工前铺过风火山，完成今年的工作任务。

---

[1] 现中铁西北科学研究院有限公司。

决战唐古拉[*]

唐古拉山越岭地段是青藏铁路建设的重中之重

唐古拉山，藏语意为"高原上的山"，素有"世界屋脊的屋脊""雄鹰难以飞过的地方"的说法。"到了唐古拉，死神把手拉，抬臂能摘云，伸手把天抓。"可见自然环境之严酷。

这里高寒缺氧，含氧量只有平原地区的 50%；气候"一天四季，十里不同"，极端最低气温达到零下 45 度，年平均刮风日多达 120 天至 160 天。因此唐古拉山越岭地段是青藏铁路建设的重中之重，施工中防治高原性肺水肿、脑水肿等高原病的难度很大。

在青藏铁路建设总指挥部的现场组织下，中铁一局、中铁十七局、中铁十八局、中国安能建设总公司等施工劲旅积极迎战全线海拔最高、施工难度最大、自然条件最差、建设任务最重的唐古拉山越岭地段，展开了历史性的唐古拉决战。

---

*本文原载 2005 年 8 月 25 日《光明日报》，文中的数字、地名以及人物职务或职称以当日信息为准。

科技先行为翻越唐古拉找到最佳方案

列车怎样翻越唐古拉山，是一个难度较大的问题。现成方案就是与青藏公路同行。唐古拉山口公路海拔高度为5231米，施工时交通方便，但地质条件较差。

为了找到一套更为科学合理的方案，2000年8月底，初测工作者进入了海拔近5000米、唐古拉山以北人迹罕至的地区。在铁道部的统一组织下，勘测设计人员坚持与国内外科研机构开展技术合作，先后取得一批科研成果：成功运用了全球卫星定位、现代化通信设备、太阳能等大量依托信息化、机械化的技术；由过去静态模式转变为动态模式，对地形地质水文条件复杂的地区采用以桥代路，以进一步提高抵御气温升高的能力。38岁的青藏铁路项目总体设计师李金城带领有关人员从初测到定测，进入唐古拉山以北的无人区工作，克服难以想象的困难，终于找到了一条海拔只有5072米、地质条件较好的施工线路，不但方案得到了优化，而且为国家节约了大量投资。

精心组织，科学施工，确保铺架胜利通过唐古拉

唐古拉山越岭地段处于多年冻土区，海拔5000米左右，夏季遇热融化，冬季冰如磐石；斜坡湿地、冻土沼泽、冰丘、冰幔广为分布，被称为"地质万花筒"。由于这里冰冻期长、有效施工期短，建设任务十分繁重。

为打好铺架决战这场硬仗，中铁一局克服了南北两口铺架海拔升高、轨排运距增长、环境异常恶劣的困难，精心组织，科学施工。他们加大对铺轨机、架桥机的维修保养力度，

建立和完善了员工的吸氧制度，医务人员实行 24 小时轮流值班制，对员工做到及时诊断、及时救治，确保员工身体健康。同时，各班组之间加强配合，铺架队与运输队、前方站加强协作，及时调运路料，尽量缩短等料时间，最大限度地提高工作效率，确保了青藏铁路铺架顺利通过世界铁路海拔最高的唐古拉车站。

在青藏铁路施工过程中，科技创新发挥着重要作用。中铁十七局在施工中探索创新出一些新的工艺和工法：在路基、桥梁施工中，推出检测作业机械化配套工艺，路基双向土工格栅铺放工艺及工法；在多年冻土区采用新工艺，集中预制基础和涵节，再在涵址处用机械吊装组拼；在桥梁施工中采用旋挖钻机干法成孔。这些新工艺、新工法的实施，既减轻了员工的劳动强度，又避免了对多年冻土的热扰动，保护了生态环境。

建设世界一流高原铁路的梦想正在逐步实现

建设青藏铁路，是党中央、国务院在新世纪之初做出的重大决策，对实施西部大开发战略，推动青海、西藏两省区经济社会发展，加强民族团结，促进文化交流，具有十分重要的意义。

在唐古拉铺轨现场，记者看到，位于铁路垭口南侧 1.25千米的斜坡地带的唐古拉车站主体工程已经完工。站内为三股道，站房面积为 384.20 平方米，整体造型与唐古拉山地形地貌和谐一致，体现了人工与自然的相互依存。高耸的碑体强化了站房形象的标志性和纪念性。

今年是青藏铁路建设的决战之年。铁道部副部长孙永福对记者说，目前，青藏铁路全线路基、隧道、桥涵等线下工程基本完成，正线铺轨1070千米。房建、电力、通信等站后工程试验取得阶段成果。唐古拉山铺轨的顺利推进，为青藏铁路全线顺利铺通创造了有利条件。建设世界一流高原铁路的梦想，正在青藏铁路建设者的手中一步步变成美丽的现实。

祖国，祝你生日快乐 *

——青藏线上庆国庆

今天是国庆 54 周年纪念日，在国家重点工程青藏铁路建设工地，到处国旗飘扬，机声隆隆，一片火热繁忙景象，建设者们用紧张的劳动向国庆献礼，祝福祖国繁荣昌盛！

清晨 8 时，在海拔 5050 米的唐古拉山垭口响起了《歌唱祖国》的歌声，鲜艳的五星红旗迎着朝霞冉冉升起，中铁十八局集团有限公司第六项目部全体员工在这里举行了隆重的国庆升国旗仪式。

今年是青藏铁路建设的全面攻坚年、质量年。为了抓住当前的黄金施工季节，青藏铁路建设指挥部组织了"大干一百天，攻坚夺全胜"的活动。青藏铁路建设总指挥部指挥长卢春房对记者说，国庆是举国欢庆的时刻，是人们度假旅游的黄金时节，但对青藏铁路建设者来说，此时正是施工生产的关键时刻，我们四万名建设者为了更好地建成青藏铁路放弃了休息，掀起了施工生产的高潮。今天，全线所有重点工程都有建设者在奋战，我们以过一个"安全、质量、施工生产黄金周"的实际行动来欢度国庆，这也是献给祖国母亲

＊本文原载 2003 年 10 月 2 日《光明日报》，文中数字、机构名称以及人物职务和职称等信息均以当日信息为准。

最好的生日祝福!

在藏南拉萨河特大桥工地,中铁大桥局集团有限公司248名藏汉建设者携手奋战,紧张地进行箱梁施工脚手架绑扎工作。在藏北海拔4700多米的中铁四局集团有限公司的工地,3000多名建设者开展了以"青藏高原党旗红"为主题的劳动竞赛,全力完成以桥代路的建设任务。在大雪纷飞的风火山隧道施工现场,中铁二十局集团有限公司、中铁一局集团有限公司的建设者肩并肩坚持施工生产,指挥部派人送去了两头猪、两只羊作为节日的慰问。中铁二十局党委副书记陈益发说,我们要用自己的实际行动,确保今年顺利实现铺架通过风火山的目标。青藏铁路的建设者在劳动中享受着节日的快乐。来自西藏康玛县的松巴仁是参加青藏铁路建设的藏族民工之一,今年19岁。他说,虽然他是第一次在外过国庆,但是他能参加伟大的青藏铁路建设工作,这也许是他生命中最有意义的一个节日。

据青藏铁路建设指挥部今天向记者提供的最新数据,目前,唐古拉山以北400多千米线下主体工程基本完成,唐古拉山以南持续形成生产高潮,全线已完成投资115亿元,铺轨280千米。

入夜,青藏铁路建设指挥部举行庆祝晚会,祝祖国兴旺发达。32名预备党员和入党积极分子在唐古拉山脚下,面对党旗庄严宣誓……

大山里，钢铁巨龙在腾跃 *
——《翻山越岭访内昆》系列报道

1999 年 11 月 16 日

为扩大内需，拉动经济增长，党中央、国务院提出了实施积极的财政政策、加快基础设施建设的重大决策。中国铁路展开了气势磅礴的跨世纪建设大会战，内昆铁路等一大批重点项目得以开工。为了展示铁路建设者的风采，讴歌建设者的丰功伟绩，记者深入内昆沿线采访，推出专栏报道《翻山越岭访内昆》。

华灯初上时分，我们抵达内昆指挥分部。从巨幅线路图望去，内昆铁路就像一条蛟龙，在苍山云海里腾跃。大山深处，十万筑路大军正在用自己的青春，赋予这钢铁巨龙不屈的生命；这巨龙又将传承这生命，给沿线人民带来无尽的生机。

内昆铁路北起四川内江，南至云南昆明，全长 872 千米。它是一条艰难的生命线，全线桥隧占总长度的 49%，是继成昆、贵昆、南昆铁路之后在西南艰险山区修建的又一条大干线。

---

* 本文为系列报道，原载《光明日报》。文中标有成文日期，机构名称、人物职务和职称等以及数字等信息均以标注日信息为准。

据专家介绍，内昆铁路的策划修建，可以追溯到 20 世纪初的清朝，但第一次修建是在中华人民共和国成立后的 20 世纪 60 年代。其间，先后修通了北段内江至安边 140 千米和南段梅花山至昆明 368 千米的两段铁路。但由于资金、技术等因素的限制，内昆铁路中段于 1962 年被迫停工。

1995 年深秋，时任国务院副总理的朱镕基来到内昆沿线的昭通地区视察。在那里，衣衫褴褛的贫困山民连同他们缺吃少穿的生活场景，让他情不自禁地落下了热泪。他动情地拍板决定建设内昆铁路！

这是一条重要的铁路线，它北接成渝、成昆、宝成等铁路，南连贵昆、水柏铁路，是西南地区铁路网干线之一。它扩大了云、贵两省内陆与长江"黄金水道"的连接，也为四川及西北地区南下出海打开了最便捷的通道，形成新的南亚大陆桥。

这是一条特殊的扶贫线。正如中央领导所说，西南困难的根源，主要是因为这里 97% 是山地，而且多为高寒地区，交通极为不便。要改变这里贫穷落后的面貌，使大西南走出封闭的大山，走进现代生活，就要兴建基础交通设施。

这是一条跨世纪的经济线。内昆铁路建成后，可有效地缓解西南地区运输紧张状况，并使成都至防城港经内昆线的距离比经成昆线缩短 385 千米，比经川黔线缩短 279 千米。如经内昆铁路引黔煤入川，其运距是山西、陕西和内蒙古西部煤炭入川的 1/3 至 1/4，对拉动沿线经济发展意义重大。

根据国务院的要求，在完成京九、南昆两大干线建设任务之后，铁道部把"内昆铁路"作为"决战西南"的首要之战来打，调集 18 路精兵强将，添酒回灯重开宴，续建内昆铁路。这次新建铁路起点为水富站，终点为梅花山站。新线正线 358 千米，宜宾至水富段的 28 千米为电气化改造工程，另外六盘水铁路枢纽需要扩建。

1998 年 6 月 16 日，工程开工，隆隆的开山炮声响过，沿线各族人民载歌载舞，像庆祝盛大节日一样迎接这一天。大山深处，新生活的希望在冉冉升起……

（云南昆明 11 月 15 日电）

高山流水筑路英雄

1999 年 11 月 17 日

潇潇秋雨，湿润了内昆铁路经过的山路。我们的汽车沿金沙江、横江一路翻山越岭，追寻着内昆铁路的踪迹。

夹岸高山挡不住筑路大军的建设豪情，滔滔江水拦不住英雄铁军的冲天壮志。顽强的内昆铁路，像一个调皮的行者，在崇山峻岭间与我们捉着迷藏。它时而在河左岸穿行，时而在河右岸前进，时而又钻进大山深处……我们不能不为内昆铁路建设者的智慧叫好！

内昆铁路位于四川盆地爬升云贵高原的过渡地带，经过低山河谷区、高山峡谷区和高原低山区，地形险峻，地质构造复杂。在国内其他铁路段施工中遇到的和没有遇到的各种地质问题，在这里都遇到了：滑坡、岩堆、危岩落石、岩溶、煤系地层及瓦斯、岩爆、涌水……

这里是内昆铁路最长的黄莲坡隧道，全长 5306 米。中铁二局集团有限公司二处的 6000 多名员工承担了隧道的开挖任务。按施工进度要求，必须在明年 10 月前完工。工期只有一年多一点。为了抢进度，他们放弃施工机器，选择效率更高、更经济的9人台阶式人工开挖。隧道口打开后，施工人员发现地质状况与预期不符，为了保质保量地施工，他们就在洞壁架设钢龙骨固定，再喷上混凝土，一点一点地向前掘进。然而塌方还是挡不住地降临了。8月4日，当掘进到离洞口728米处时，只听轰隆隆一阵闷响，12米长、16米高的山石开始垮塌下来，开挖班长罗贞才一看不妙，立即用自己的身体挡住正在往外挤压的边墙，大声召唤他的同伴："快撤！"17个弟兄火速撤出，罗贞才最后才跑出来，他一撤，边墙就塌了下来。

"青春筑国脉，会战竖丰碑"，这是内昆沿线经常出现的标语。它又何尝不是筑路大军灵魂的写照。为了内昆铁路早日建成，铁路建设者在与恶劣的自然环境、艰难的施工条件进行着英勇的搏击。为了内昆，老班长吴兴忠、26岁的女青年杨青君献出了宝贵的生命；为了内昆，老教授朱崇道花甲之年披挂上阵，晚年为国家再做一份贡献！

夜幕降临时分，我们抵达云南小县盐津。县城依山傍水而建，高低错落在横江边，美丽动人。内昆铁路修至此，碰到一个大难题：铁路要穿城而过，而盐津地处偏僻山区，土地极为稀少，拆无处拆，迁无处迁。怎么办？也许是"天无绝人之路"吧，中铁二局一处建设者创造性地提出"内昆从县城下穿过"的施工方案，隧道上部离地面最近处只有四米多，为了避免给盐津这个国家级贫困县造成损失，施工者们进行科学攻关，采用抗干扰先进爆破技术，使铁路从县城下悄然穿过。盐津人为筑路大军的聪明才智而骄傲，并自豪地说，盐津也有"地下铁路"了。

（云南盐津 11 月 16 日电）

挑战"筑路禁区"

1999 年 11 月 19 日

不到内昆铁路，不知道大自然的艰险。内昆线纵贯金沙江、乌江和北盘江的分水岭，处于四川盆地爬升云贵高原的过渡地带，地形险要，地质构造复杂，被称为"地质百科全书""筑路的禁区"。

黄土坡地带处于四川盆地爬升云贵高原的盆壁上。内昆铁路在这里从 1650 米的山腰爬上 2000 多米的山顶，直线距离只有 700 米，但由于坡度陡峭，超出了火车的爬行能力范围，不得不在重峦叠嶂间拉展线路，修建 19.7 千米的迂回线路，最高的上层展线已隐现在缥缈的云海里。

铁道部第五工程局[1]承担了黄土坡展线隧道的施工任务。黄土坡三号展线隧道处在展线最高地段，海拔 1767 米，全长 3005 米，全隧坡度 19.9‰，是整个内昆铁路铁道部"挂号"的头号重点控制工程。隧道呈圆弧形，铁路走向宛若"灯泡"形状。隧道进出口水平距离为 660 米，高度相距约 60 米，洞内地质条件极为恶劣，岩层破碎、岩爆严重、涌水不断，其施工之艰难，为我国铁路建设史所罕见。

为不拖内昆建设的后腿，第五工程局建设者克服交通不

---

[1] 现中铁五局集团有限公司。

便、生活条件差的困难，一边翻山越岭抢修便道，一边将施工机械化整为零，人扛马驮将数十吨机械设备运至工地；同时，组建施工课题攻关小组，对爆破技术、衬砌质量等问题进行攻关，确保工程顺利推进。截至目前，该隧道已实现全断面掘进1650米。火车在云间开行，将是内昆线建成后的壮伟景观。

"巍巍青山横断云贵川，铮铮铁骨直通大西南"，这是隧道局建设者在青山隧道工地留下的豪情。4月1日凌晨3时，正在隧道内施工的工人突遇大涌水的袭击，10多米长的宽大水柱，夹带沙石、泥浆迎面喷来，机械设备被冲倒、埋没，工人迅速撤出。一夜之间400米长的隧道内堆积起一米多高的泥沙。大自然给了身经百战的中铁隧道工程局[1]员工一个沉重打击。他们不得不组建抢险突击队，8台抽水机、20多个工人24小时连续作战，才清理完现场。青山隧道才得以重新向前掘进。

"内昆铁路是我们经历过的自然条件最差的线路，比被称为'地质博物馆'的成昆铁路施工条件还要差。"隧道局常务副指挥郑玉欣对记者说，"但我们有信心优质、高效地建好内昆铁路，为大西南的发展做出贡献。"

（云南彝良11月18日电）

---

[1] 现中铁隧道集团有限公司。

昭通人民的"幸福路"

1999 年 11 月 21 日

昭通，位于内昆铁路的中心地带，地处滇川黔的结合部，全地区居住着彝、苗、回等 15 个少数民族，是一个多民族、散杂居的贫困山区。

乌蒙山穿行在昭通的土地上，红军长征曾从这里走过，毛泽东在《长征》七律中，用"五岭逶迤腾细浪，乌蒙磅礴走泥丸"的诗句抒发了革命豪情。

昭通在历史上开发较早。秦汉时的"五尺栈道"成为云南与内地通商、交流文化的重要通道，昭通曾经十分繁荣，得有"小昆明"的美誉。

"历史上，昭通短暂的繁荣主要靠路，后来发展缓慢，也是受没有铁路的制约。"昭通地区专员晏友琼说，"昭通振兴的希望就在铁路。"

对修建内昆铁路，沿线人民整整盼了一个世纪。党中央、国务院决定复建内昆铁路的消息传来，乌蒙山区沸腾了。昭通人民亲切地称内昆铁路是"幸福路""脱贫路""致富路"。

沿线人民以极大的热情投入到支持铁路建设之中。为确保开工典礼如期举行，昭通车站征地范围内的群众把电灯拉到工地挑灯夜战，三天内迁移祖坟 76 座。为配合施工单位春节不下"火线"，保证重点工程顺利施工，盐津一号隧道和黄莲坡隧道出口处的 15 户农民，大年三十前夕拆除房屋让地施工。彝良县新场乡农民为保证施工用水，将 80 亩水田改为旱地。为表达自己对铁路建设的支持，昭通市北闸镇贫困的农民谭清富，主动捐款 100 元……这一件件感人的事件，表达了昭通人民支持铁路建设、爱护铁路的极大热情。中铁十七局集团有限公司职工说："昭通人民渴盼铁路的心愿、支援铁路建设的热情真让我们感动。"

人民爱铁路，铁路员工也以巨大的热情帮助贫困的山民。内昆铁路北段经过的五个县市，有两个是国家级贫困县。其困难的景象曾让朱镕基同志潸然泪下。铁道部第四工程局[1]建设者在安徽合肥总部募集了 4500 件衣服，千里迢迢送到缺衣少穿的山乡村民家中。

铁道部第一工程局[1]出动机械，派出突击队员，帮助盐津修建桃子公路最为艰险的地段。群众称这条路为"友谊路"，并竖碑纪念。各参建单位在修建施工便道时，既考虑了方便施工，又为村民出入和今后的使用着想。隧道局增加投资近百万元，使青龙乡在彝良县第一个建成了村村通公路……

内昆铁路像一个载体，把筑路大军与当地人民紧密联系在一起。铁路在人民心中延伸！正是这种良好的路地关系，使内昆铁路建设顺利推进。铁道部内昆建设指挥部主任张洮说："到目前为止，全线完成的投资和实物工作量均超过设计总量的 50%，其中，桥梁、隧道完成量分别达到 81.1% 和 58.2%，内昆铁路将在四年内按时完成，我们有足够的信心。"

（云南昭通 11 月 19 日电）

---

[1] 现中铁四局集团有限公司。
[2] 现中铁一局集团有限公司。

让青山常在绿水长流

1999 年 11 月 22 日

云贵高原上，有一个如此美丽的地方：群山环抱着一片宁静的水面，绿水倒映着蓝天白云的倩影，青青芳草在水中摇曳，黑颈鹤、黄鸭和红嘴鸥、灰鹤、白鹳等悠闲地在水草间游弋——这就是威宁草海国家级自然保护区。

内昆铁路原设计方案中的威宁站就位于草海保护区内。为保护好草海的生态环境，处理好环境保护与地方经济发展的关系，根据国家环保总局[1]和铁道部的要求，内昆建设指挥部变更设计方案，将威宁站的客货运设施移至威宁北站。

这只是内昆建设者保护环境的一个缩影。内昆铁路地处长江上游流域水土保持重点区域，沿线地势险恶，山高坡陡，植被较差，生态环境十分脆弱。内昆铁路开工后，浩大的工程必然带来地形、地貌的改变和植被的破坏。路基、桥涵、隧道、站场工程产生的大量弃碴更易对水土流失造成新的影响。

"修筑铁路是造福人民的事业，决不能以牺牲环保为代价，"铁道部内昆建设指挥部主任张洮介绍说，"为了把对环境的影响减小到最低程度，内昆线路一开工，就把环保作为大事来抓。"铁道部制订了详细的环境保护、水土保持方案，建设大军选择了不惜加大施工成本的做法，提出了"效益有

---

[1] 现中华人民共和国生态环境部。

价、环保无价"的响亮口号。

第一工程局二处在担负豆沙关隧道施工时，将弃碴与临近的车站建设联系起来安排，扩大了站场的使用面积，修造出一个人造小平原。在内昆沿线，用水泥、石头等在线路沿江一面的山坡上砌成的坚固挡墙，成为一道亮丽的环保风景线。

铁道建设总公司内昆建设指挥部指挥长赵之义介绍说，全线共设计使用剩余弃碴约750万立方米。若将这些弃碴平铺成1米高、10米宽的路，将是新建内昆铁路长度的两倍。为此，全路共增加环保投入近3亿元。

内昆铁路沿线土地稀少，加之桥隧密集，全线需取弃土（碴）用地近4000亩。为节约土地，铁道兵出身的中国铁道建筑总公司万名铁军，充分利用隧道弃碴加工砂、石料和填筑路基；对于已经完成的取土场和路基工程，及时进行复耕和绿化，最大可能地降低由于土石方施工造成的水土流失。目前，该公司已完成路基边坡种草防护6.7万平方米，复耕土地140余亩。全线计划种植草皮280万平方米，既美化环境，又保持水土。

云南省人大组织检查团查看了内昆沿线的环保工作，充分肯定了内昆铁路开工以来环保工作取得的成绩。内昆铁路，将以"环保风景线"之名而载入中国铁路建设的史册。

（贵州威宁11月21日电）

筑向新世纪的幸福路

1999 年 11 月 26 日

山路十八弯，河道九连环，沟壑纵横的自然环境、不良地质密集的恶劣条件，使内昆铁路建设形成了"隧桥密、桥墩高、限坡大、地形险、地质差、气候恶"的六大特点。

内昆全线桥隧总长占线路总长的 53.1%；全线桥梁墩高 50 米以上的有 13 座，其中主跨为 336 米连续梁的花土坡特大桥以及主跨为 528 米连续钢构的李子沟特大桥，均为全国铁路桥梁之最。铁路在崇山峻岭中以 23.5‰的加力坡盘旋展线，一口气爬升 77 千米，这在我国铁路建设史上是前所未有的。

"筑大西南百年期盼路，圆云贵川世纪致富梦"，成为激励筑路大军"快速、有序、优质、高效"地建设内昆铁路的精神动力。

李子沟车站是内昆线唯一建在软土路基、古滑坡、深沟地段的车站。开工破土后，不少地方出现滑、塌，使工程一再受阻。铁道部第十四工程局[1]二次停工研究修改方案，增加三座桥梁一座隧道，综合治理。目前，已在地下插入 109 根抗滑桩，抗滑固软工程进展顺利。

铁道部第十六工程局[2]承建的老煤洞特大桥桥址海拔 2100 米，处于喀斯特地形区，9 号桥墩下还有暗河通过，施工困难。根据设计，该桥还是内昆线唯一采用造桥机施工的

---

[1]现中铁十四局集团有限公司。

[2]现中铁十六局集团有限公司。

桥梁。其中长度 64 米的钢筋混凝土箱形简支梁，是国内第一，世界之最。

在我国目前最长的瓦斯隧道朱嘎隧道施工中，中铁第十六工程局、中铁第二十工程局[1]先后投入 2000 多万元，购置先进的施工设备，并挑选精兵强将精心施工。目前，已成功地通过了被称为"死亡地带"的 260 米煤系地层，年底可望突破掘进 2000 米的大关。铁道部部长傅志寰检查后认为，这一隧道创造了我国大瓦斯隧道施工新纪录。

"凿长隧通南通北通明天，架高桥跨山跨水跨世纪。"据介绍，全线 140 座隧道中，47 座已经贯通；249 座桥梁中，89 座主体已完工。一条跨世纪的钢铁大道正在大西南的千山万水中向前延伸……

（贵州六盘水 11 月 25 日电）

---

[1] 现中铁二十局集团有限公司。

修一条铁路拉动一方经济 *

修筑一条铁路带动一方经济发展，这是宏观决策者立项时的希望。内昆铁路是在党中央、国务院决定实施积极的财政政策、扩大内需、拉动经济增长后上马的新项目，是国家铁路建设在建的头号工程。

记者近日在内昆铁路沿线采访时看到，一个依托内昆铁路的新经济带正在成长之中。当地群众高兴地说，内昆铁路正在成为带动大西南经济增长的"脱贫路""致富路"，成为通向文明与富裕的幸福之路。

大西南蕴藏着丰富的金属矿以及水利、农林资源。贵州省铜仁地区产汞，云南个旧产锡，川东产铜，这三处都是世界闻名的矿区。四川攀枝花地区已探明的钒钛磁铁矿储量达90多亿吨。西南滇池附近的磷储量居世界之冠。

西南穷，穷在交通不便。一项调查表明，内昆沿线27个县中，被列为国家级贫困县的占21个，生活在贫困线以下的人口占西南总人口的1/4。

由于没有铁路，矿产拉不出去，货物运不进来，严重制

---

* 本文原载 1999 年 11 月 29 日《光明日报》，文中机构名称、人物职务和职称以及数字等信息均以当日信息为准。

约西南山区经济和社会的发展。贵州六盘水素有"西南煤海"之称，却空守着座座金山，一筹莫展；而相邻的四川省作为用煤大省，虽与煤海一界之隔，也只能望煤兴叹。铁路是西南人民发展的基础。没有铁路的发展，就没有西南的进步。正如朱总理在视察昭通时所说："路不通，昭通就无法发展。"

"地无三尺平"是大西南地区的真实写照。在修建铁路的同时，筑路大军为发展沿线交通做出了重要贡献。第四工程局内昆副指挥长张树义介绍说，他们施工所在的盐津、彝良两县均为国家级贫困县，群众生活十分困难。为了将修路与拉动地方经济同步发展，第四工程局把路地共建和扶贫济困，修路与造地，修建便道便桥与乡村公路建设相结合，在搭建职工住房时，他们适当提高标准，建起齐整的 5000 多平方米住房，准备撤离时捐献给驻地乡村。

在进入工地时，铁道部第三工程局[1]派出施工机械为当地修筑 10 多千米的乡村公路，解决了山民上下山难的难题。在工地附近的半山腰上，有一个住着 30 多户村民的小村子，人畜饮水十分困难。第三工程局闻讯后，出资 5 万元与村民共建一座饮用水池，把水管接到村民家门口，既方便了村民生活，又满足了生产用水需求。

占地 4600 余平方米的水富制梁场，是中铁二局在原有的山地和深沟里挖填出来的，共投资 1000 多万元，修建生产生活房屋 1.43 万平方米，为水富地区政府提供了一大片可

---

[1] 现中铁三局集团有限公司。

供开发利用的场地和近 1 万平方米的砖混房屋。

第一工程局内昆指挥长张在路介绍说，在内昆铁路建设 116 亿元的总投资中，有 50% 的资金要花在地方采购材料、生活物资和劳动力使用上，这将对地方经济发展起到很大的促进作用。

云南昭通地区在总结内昆铁路对当地经济的作用时，形象地总结出了 6 个拉动：拉动了沿线国内生产总值的增长，1998 年拉动国内生产总值增长 3.3 亿元，今年预计拉动国内生产总值增长 6 亿元；拉动了地方财税收入增长，1998 年增收税 267 万元；拉动了农村产业结构的调整，使蔬菜种植面积、家禽存栏有了长足的发展；拉动了交通、电力事业的发展；拉动了小集镇建设；拉动了农民增收……据昭通地区行署统计，铁路施工单位在昭通境内修施工便道 53 条共 304.2 千米，便桥 45 座，解决了 19 个村 146 个社不通公路的问题。沿线 5 县市一年来参加铁路建设务工农民 1.21 万人，收入 4830 万元，沿线 5 县市国民经济总产值增长均高于全区平均数。

抓住内昆铁路建设带来的良好机遇，拉动当地经济发展，已成为沿线地市的共识。铁道部第十五工程局[1]承建的六盘水编组站将是西南最大的铁路枢纽，今后各种大宗铁路物资将在这里整编运往祖国各地。贵州六盘水市抓住机遇，拓展思路，调整发展规划，围绕铁路建设扎扎实实地发展经

---

[1] 现中铁十五局集团有限公司。

济；威宁县一级委员会利用铁路的龙头作用，从根本上调整全县生产力布局，寻求新的经济增长点。内昆沿线县市都已做出沿线经济发展规划。一个在铁路建设中谋求大发展的热潮正在内昆沿线兴起。

正如昭通地区支铁办主任柴钰连所说，内昆铁路建设证明，中央扩大内需、拉动经济增长的决策是非常正确的。

伴随着内昆铁路开山的隆隆炮声，为中国革命事业做出过重大贡献的大西南山区活跃起来了。更喜岷山千里雪，三军过后尽开颜……内昆人民正唱着春天的故事，大步走进新的时代。

创新有多大　希望就有多大 *

　　西宁—格尔木—拉萨，举世瞩目的青藏铁路终于全线建成通车了。

　　世界屋脊上从此有了风笛的鸣唱，新的希望正在生长。

　　从文成公主进藏到西藏农奴翻身做主，历史走过了整整 1500 年；从设计人员第一次进藏踏勘到青藏铁路全面开工，三代人等待了整整 46 年；从 2001 年 6 月 29 日开工建设到 2006 年 7 月 1 日建成通车，青藏铁路仅用 5 年就走完了 1142 千米的天路，翻过了海拔 5072 米的唐古拉山口，将青藏高原与祖国更加紧密地连接在一起。

　　建设青藏铁路的过程，是中国现代化加速推进的过程。作为 21 世纪开端之际的重大工程项目，青藏铁路凝结着中国人民对于新世纪的热切期盼，凝结着党和政府对于加强民族团结、促进共同繁荣的深切期盼。把世界屋脊带进繁荣、幸福的新世纪，是中华民族实现伟大复兴的重要组成部分。

　　青藏铁路是一条希望之路、幸福之路。

　　建设青藏铁路的过程，是科技攻关的过程。冻土攻关、

---

　　* 本文原载 2006 年 7 月 4 日《光明日报》，文中数字等信息均以当日信息为准。

高寒缺氧、生态环境保护，这三大世界级难题在中国铁路建设者和科技工作者的共同努力下，一一被攻克，一一成就了世界铁路建设史上的新辉煌。在青藏铁路沿线，热棒、片石路基、代路长桥、环保草皮等一系列创新型的项目，星罗棋布，蔚为壮观。

青藏铁路是一条创新之路、科技之路。

忘不了格尔木南山口那雄壮的宣言："这里是青藏铁路新线起点"；忘不了唐古拉山口那豪迈的标语："这里是世界铁路海拔最高点"；忘不了风火山隧道口那激情的告示："这里是世界海拔最高的隧道"……一种豪迈，万种激情。

忘不了藏族同胞那渴望钢铁大通道的热切目光，更忘不了清水河大桥边藏羚羊那欢快的身影……一种渴望，多少生机。

作为青藏铁路建设的见证者，我曾多次穿梭于青藏工地，感受了那历史性的宏大建设场面，感受到了祖国前进的坚强脚步；作为新闻工作者，我为曾报道青藏铁路建设而自豪，为青藏铁路建成运营而欢呼，而骄傲。

思想有多远，境界就会有多远；创新有多大，希望就会有多大。

这也许就是青藏铁路建设给我们最好的启迪。

中国铁路：争当新世纪火车头 *

　　2001 年，中国铁路在改革中奋力前行。全路运输生产实现开门红。金秋实施的第四次大提速，再一次展示了新世纪中国铁路的风采。岁末时节，记者从北京出发，沿京广线一路南下，亲身体验了中国铁路人奋发图强的拼搏精神。

　　岁月如梭，在新旧世纪交替的短短四五个春秋，中国铁路以科技为先导，锐意改革，发生了翻天覆地的变化，今天穿行在万里铁道线上的列车已经洋溢着新世纪的气息。新世纪号、神州号、中原号……一系列新型动力车组，以崭新的形象向人们展示了中国铁路的朝气与生机。江泽民总书记不久前分别在石家庄和北京登上新式列车，考察铁路装备技术研制创新情况，亲切慰问铁路职工。他勉励铁路职工发扬新时期火车头精神，为国民经济发展当好先行官。

　　北京铁路局年初进行了层层发动，上下级之间纷纷签订资产经营责任书，在增运增收和节支节约两条战线开展工作。局长告诉记者，在煤炭运输看好的形势下，他们又乘势而上，当好企业的"总调度长"，全力确保国家重点企业的

---

　　* 本文原载 2001 年 11 月 25 日《光明日报》，文中机构名称、人物职务和职称以及数字等信息均以当日信息为准。

煤炭运输，使全局客运量、货运量都有了可观的增长。铁路局党委副书记李广升高兴地说，新世纪伊始，北京铁路局可谓旗开得胜。

改革是铁路发展的主题，也是铁路发展的动力。记者到达郑州铁路局的当天，正值郑州铁路局第一个客运公司洛阳客运公司挂牌成立。局长冯凌云告诉记者，年底前，全局6个客运公司都将正式挂牌，管理体制也将从此发生变化。

郑州铁路局揽中原之地利，以豫、鄂、陕三省为基本服务范围，并部分辐射延伸至川、甘、晋、鲁四省。近年来，在运输市场的激烈竞争中，这个大局面临的困难更大。至20世纪90年代中期，全局累计亏损近20亿元。为摆脱困境，全局上下奋力拼搏，内转机制外闯市场。2000年实现运输进款137亿元，不仅实现了扭亏，而且微赢4750万元。今年，通过全面实施减员增效工程，以改革激发企业活力，靠优质服务拓展市场，以管理提高效益。截至12月20日，全局实现运输进款164亿元，比上年增收27亿元，完成铁道部下达的赢利突破10亿元的目标。为此冯局长累病了。他从洛阳回郑州，一下火车，立即被送往医院输液。即便如此，他还是说，在改革与发展的关键时刻，不进则退，我们必须奋力前行。

在从郑州到南昌的K145次列车上，南昌铁路局客运公司优一车队的党总支书记俞力向记者展示了车上的台账。这是一本记录工作绩效的底账。每趟车，运送了多少旅客，票款收入如何，上座率怎样，一目了然。这是南昌铁路局改革管理后采取的措施。这本台账，使每个乘务人员增强了经济效益观念，提高了服务竞争意识。南昌铁路局局长郭敏杰、书记郑明理说，客运服务质量是铁路工作的生命线，也是铁路吸引旅客、提高竞争力，进而增强经济效益的重要依托。年底，公司党政领导班子举行一周联席会议，关门研讨明年的发展方向，12个问题、24篇报告勾画了南昌铁路局的明天。

地处南国的广州铁路集团所属羊城铁路总公司在抓经营的同时，根据铁道部的统一部署，今年开展了"建立新理念，开展新服务，树立新形象"的"三新"教育活动。全公司从今年3月份开始查找职业陋习，以漫画、辩论、文艺演出等多种多样的形式在全体员工中进行了生动形象的教育活动，从细微处破解"铁老大思想"，改变生硬的服务态度，以诚服务，细化服务。公司总经理说，新世纪的铁路必须给旅客以崭新的形象，让铁路成为时代大潮中一朵亮丽的浪花。

就在写就这篇报道之时，南疆铁路临管处党委书记盛宪昌电告记者，今年南疆铁路全面实行诚信服务，以良好的服务增强铁路亲和力，以此引客流、拉货源，全面完成运输任务，客运量也在不断地上升，形势喜人。

从南到北，从东到西，15万里铁路线上上演着一出精彩的改革发展大戏。这出精彩的戏剧也许是永远没有终幕的，但它却为我们演示了生动的一课。正如铁道部部长傅志寰所说，铁路改革发展是铁路生存的立命之本，改革没有尽头，发展没有终点，只有努力奋斗，才是我们永恒的追求。

丰收之后怎么办 *

如果你有点空闲，有点时间，到郊外去看看，你就会发现，辽阔的原野上，麦收正在紧张地进行。数万台联合收割机欢快地鸣唱，沉甸甸的麦穗报告着丰收的喜讯。农业部报告说，今年我国夏粮丰收已成定局……

多少年来，我们盼丰收，想丰收。"手中有粮，心中不慌""稻花香里说丰年"，是我们世世代代的理想与追求。中国的粮食生产问题，甚至成了世界性话题，一些世界舆论也从反面提醒我们，中国粮食安全问题至关重要。

为了中国的粮食安全，为了对 12 亿中国人负责，党中央、国务院从去年开始，进一步深化粮食流通体制改革，实行"三项政策、一项改革"，按保护价敞开收购粮食。这一政策的实行，极大地调动了农民的种粮积极性，也使我国粮食库存迅速增加。

种种迹象表明：中国出现阶段性粮食供大于求的局面！因这种供大于求而形成全国各地粮仓爆满，粮库仓容告急，粮食补贴大量增加……

---

* 本文原载 1999 年 6 月 14 日《光明日报》，文中数字、人物职务和职称等信息均以当日信息为准。

在这种新的情况下，市场向我国粮食生产发出了强烈信号：调整粮食生产结构、完善粮食购销政策、推动粮食生产结构性调整的时机已经到来。

变化中的中国粮食问题

粮食是关系国计民生的重要战略物资。我国人口众多，吃饭始终是头等重要的问题。

自中华人民共和国成立以来，党的三代领导集体都非常重视粮食安全问题。改革开放以后，小平同志又谆谆告诫全党："农业是根本，不能忘掉。"以江泽民同志为核心的党的第三代领导集体，也倍加重视农业和粮食问题，要求全党牢固地确立"农业是基础"的指导思想，并采取一系列政策措施，加强对农业的宏观调控，增加对农业的投入，改善农业基础条件，加快农业技术进步步伐，改革粮食流通体制，调动和保护农民的种粮积极性。

经过 20 年的改革和发展，我国粮食生产能力有了明显提高，目前已经具备了每年生产 9800 亿斤至 1 万亿斤的能力。自 1995 年以来，我国粮食连年丰收，粮食供求正由长期短缺变成总量大体平衡、丰年有余。

在这种大丰收的同时，为了保护农民的种粮积极性，国家果断地实施粮食流通体制改革，加强了粮食收购市场管理。大部分粮食收购企业做到了按保护价敞开收购农民余粮。1998 年，全国累计收购粮食达到 1921 亿斤，基本满足了农民出售余粮的要求。保护价保护了农民的种粮积极性。

但在实行这一重大改革的过程中，也出现了一些始料不及的新问题。一些地方的农民还在盲目生产市场没有销路、品质差的粮食，粮食购销企业库存中劣质粮食数量也在不断增加。

实践证明，不分品质、不面对市场需求，一律按保护价敞开收购，不仅加重了财政负担和购销企业的亏损，也不利于引导农民根据市场需求调整种植结构。

仅有高产是不够的，市场需要好品种

就在我国粮食生产连续丰收，国有粮库高储存时，又存在另一个不容忽视的问题：粮食品种结构不合理，优质专用小麦、高质量的玉米等品种相对不足。

随着人民生活水平的提高、生活质量的改善，人们对粮食的消费需求日趋多样化、优质化，而我国的粮食品种、质量还不能适应这种消费需求的变化。据介绍，一方面我国劣质粮库存多，如北方春小麦、南方的部分早籼稻、小麦，质量较差、销路不好，大量积压；另一方面，优质小麦、高质量玉米又短缺。每年我国都要从国外进口优质小麦等。而现在这种不分品种按保护价敞开收购的局面，更加剧了我国粮食的结构性矛盾。

与此同时，国内外粮食差价扩大，国内粮食市场价格大大高于国际市场。目前，国内小麦、玉米价格均大大高于国际市场，而且质量差，在国际市场上缺乏竞争力，不利于我国粮食出口，使我们利用国际市场调节国内粮食供求关系的余地很小。

所有这些信号都表明，必须在保护农民合理收益、保护农民种粮积极性的基础上，继续推进粮食流通体制改革，在坚持"三项政策、一项改革"的同时，进一步完善相关政策，以适应形势变化的要求，促进我国粮食生产结构的重大调整，促进优质粮食品种的推广。

调整粮食购销政策，保护粮农长远利益

俗话说，一分价钱一分货。好粮才能卖个好价钱。但由于历史的原因，长期以来，我们一直以高产为粮食生产的第一追求。高产的粮食一般口感不好，人们不爱吃，市场上也就不好卖。追求高产在特定的历史条件下，有它的合理性。但在出现阶段性粮食供大于求的情况下，继续单纯追求高产，不问品质，不仅销路不好，而且价格难以保证，粮农的利益也就难以保护。故而，为了追求高收益，粮农就必须真正面向市场。

国家计委价格司司长毕井泉指出，国家调整粮食购销政策，也是市场给中国农民的一个信号：粮食生产也要跟着市场走，市场需要什么样的粮食就生产什么样的粮食，市场上什么粮食好销就生产什么粮食，这样才能获得高收益。那种不问市场，只管埋头种粮，生产劣质粮食的做法就没有出路了。中国的粮食生产需要抓住历史机遇，从产量型向质量型转变。

毕井泉指出，现在我国农业和农村经济已进入一个新的发展阶段，农业生产必须适应这种变化，调整优化结构，在提高农产品质量和效益上下功夫。通过价格政策，引导农民生产优质、适销对路的粮食品种，真正提高粮食生产效益，

最终增加农民收入。

国家采取保护价政策是为了农民的利益，同时，也要考虑国家的承受能力，对那些质量差，不符合市场需要的品种就要考虑让其退出国家保护价政策范围，为优质品种粮食生产提供保护空间。同时，我们也要看到，调整政策的出发点主要是要在继续改善农业生产条件、稳定提高粮食生产能力的前提下，促进生产结构的调整，保护生产者的长远利益。也只有粮食生产结构得到调整优化，我国粮食生产才能在新的基础上达到一个新的水平。

专家认为，从短期看，缩小粮食保护价范围，可能暂时会对部分农民种粮的收入产生一定的影响，但从长远看，如果不调整，粮食收购和销售困难还会加剧，农民的利益最终还是无法得到保障。应该看到，国家粮食流通体制改革还在继续，粮食保护价政策还将继续实行，局部的调整只会给我国粮食生产增加后劲。

粮农如果适时调整种植结构，多种优质品种粮食，国家也会按优价收购，从长远看，这会保护农民的长期利益。这是中国粮食生产必须经历的"阵痛期"。现在不主动地接受挑战，将来就无法面对日趋激烈的国际市场竞争。

专家指出，目前粮食供应比较充裕，这是改革开放的巨大成就，但必须清醒地认识到，目前的粮食生产只是基本满足了现阶段经济发展的需要。从长远看，我国人多地少，自然条件差，农业基础设施薄弱的矛盾还将继续存在，粮食供应将是偏紧的，我们必须在面对市场的基础上，保护并不断提高粮食生产能力，优化粮食品种，提高粮食质量，在新的基础上达到新的发展阶段。

　　走过粮食生产结构调整的"阵痛期"，中国的粮食生产就会步入一片新的天地！

基因工程产业需要扶持 *

基因是有限的，基因就是财富。一场跨世纪的"基因争夺战"已经开始，如果我们没有自己的基因专利，到下一世纪，我国生物工程产业特别是医药行业将犹如北洋水师，全军覆没，只能用巨资向别人购买专利，否则就无权生产这些药物。

人体内有 10 万个基因，它决定了人的性状与生理特性，记载了一个人生老病死的全过程。现代科学证实，人类所有疾病都能在基因上找到病根。因此，对基因进行科学研究，就可以从根子上治好疾病。医学家预言，21 世纪 50% ~70% 的新药将来自基因工程。

美国 1991 年正式提出人类基因工程计划，这一计划与原子能计划、航天计划一起被国际科学界公认为 21 世纪科学三大计划。其主要内容就是要绘制出人体的第二张解剖图——人类基因图。有了这张图，今后医生给病人看病，就犹如工人师傅对照线路图找故障一样方便。

现代医学研究表明，每一种疾病都与某个基因病变有关，找出这个病变基因，对它进行抑制和调控，就能从根本

---

* 本文原载 1998 年 9 月 20 日《光明日报》，文中数字、机构名称以及人物职务和职称等信息均以当日信息为准。

上治好这种疾病。因此，它将从医学上对人类健康长寿产生巨大作用。世界先进国家正在为开发基因药物展开激烈的竞争。

根据预测，与疾病相关的基因约有5000个，目前，已有1500个相关基因被分离和确认并申请了专利。剩下的三分之一疾病相关基因，有可能在最近三年内被分离确认。

按照国际惯例，谁先发现这个密码谁就拥有专利权。所以这种基因密码，不但具有巨大的科学价值，而且具有极高的经济价值。继美国、英国、法国、德国、日本等发达国家相继展开基因工程之后，印度、巴西、墨西哥等发展中国家也竞相投入竞争，意在抢先获得基因专利权，获取商业利润。一场跨世纪的基因争夺战已经开始。

我国是世界上少有的基因大国，主要是人口多、民族多、家系多、疾病种类也多，这就引起了发达国家的特别关注，他们纷纷以合作等名义，进入中国市场抽取血样，来我国搜集上亿份基因组标本，却不让中国人分享专利权。我国基因资源面临被掠夺殆尽的危险。

1993年，我国也确定了自己的人类基因组计划，进行与医学相关的基因分离和测序。杭州九源基因工程药物有限公司也在这一年诞生。怀着让中国人用上自己生产的、来自中国人基因的世界一流药物的理念，九源公司在1994年成功地从中国人的白细胞中获取了G-CSF基因，并研发了中国第一个重组人粒细胞集落刺激因子注射液。目前他们又成功地开发出促进人体血液中白细胞快速增长的抗癌新药——吉粒芬，并已获得新药生产许可证。它是粒细胞减少症的特效药和首选药物。这种用基因工程方法研制出来的注射药液，能通过迅速增生人体白细胞，帮助化疗后的癌症患者缩短恢复期，从而为癌症患者赢得宝贵的治疗时间。

九源公司总经理柯传奎介绍说，生产基因工程药物，其实就是一种基因及细胞的重组技术。和传统的药物相比，它无疑是一种核聚变。在杭州九源，记者看到基因工程研究与产业化的良好态势。作为我国目前最大的升白细胞基因工程药物生产基地，仅用一个15立升的小发酵罐，一年就可生产吉粒芬200万支，能满足中国市场乃至东南亚部分市场的需要。

但是，据有关部门统计，全国已建和在建的基因工程制药企业超过200家，投资额在40亿元人民币以上，而升白细胞基因工程药物生产目前申报就有35家之多，即使以最小的生产规模，一年的产量就够全国用上300年。基因工程产业如何走，需要国家有关部门高度重视。

著名生物学家谈家桢教授在参观了从事基因工程药物和生化药品的科研、生产、销售于一体的高科技企业——九源公司之后，为我国基因工程企业的发展深感自豪。这位年届九旬的科学家当即决定与九源公司合作创立研究所。为了我国基因工程产业的健康发展，这位驰名中外的科学家专门上书江泽民总书记，呼吁国家立法制止外国公司掠夺我国基因资源，同时组织攻关，加速我国人类基因研究工作。总书记指示要"珍惜我国人类基因资源"，并希望有关部门尽快提出解决办法。

生物技术产业利润高、技术高、风险高、投入高、回报率高。近 10 多年来，欧美、日本等发达国家纷纷投入巨大的财力与人力进行这类产品的开发，以抢先占领市场。受国际上基因工程热的影响，我国不少省区市也把生物技术列为支柱产业的培育对象。但产业与市场是两个概念，如果不顾需求，盲目上马，重复建设，势必造成市场上的混乱与投资上的损失。

业内人士建议，药品管理部门要从培植产业健康发展的角度出发，避免同时批准多个厂家生产同一产品。同时，要制定政策，支持国内基因工程产业的发展，公费医疗用药首先要考虑国产基因药物的推广使用，以提高国产基因药物的市场占有率。因为基因工程投资大，国外这种药物的资金来源除创办人自筹外，主要来自社会风险投资基金、上市股票以及大型制药公司建立合作关系等方面，我国也应从长远出发，为基因工程产业筹措资金开辟新的渠道。

目前，国际上已经上市的基因工程药品近 40 种，而我国上市的同类药品才 12 种。加快新品开发，不能仅靠国家投资，应该大力提倡产、学、研的结合，吸收优势企业参与新药开发。为了 21 世纪中国医药事业的发展，我们必须尽可能多地获取人类基因专利，再逐步开发成药物，促进基因工程产业的尽快成长。

龙腾中国

岁月如歌，逝者如斯。波谲云诡的 2011 悄然退场，传说中的 2012，已经降临人间。玉兔开道，祥龙登场。历史就这样一天天沉淀，一年年铸就。

辛卯兔年，之于中国，意义非凡。建党 90 年隆重庆祝，辛亥百年蓦然回首。神八升天，天宫对接，中国跻身遨游太空之列。最是那秋风浩荡，十七届六中全会，开启中国建设文化强国的历史征程。加入世贸，十年辛苦不寻常，壮了中国，惠了世界。辛卯兔年，之于中国，也经受着拷问："小悦悦事件"魂惊国人，诚信道德建设备感沉重；西太平洋波翻浪涌，人间厄尔尼诺暗潮汹涌。壮我国魂，强我国体，刻不容缓。

辛卯兔年，之于世界，险象环生，怎一个乱字了得。东日本地震震出了科技的双重效应，核电在造福人类的同时，也潜藏着巨大的风险。在伊斯兰国家，是谁搅动了奶酪，春秋失序，冷暖异常。最可怜，还是那欧罗巴，备受煎熬；华尔街点燃的金融风暴，晃动着欧洲大陆的板块。主权债务长亭连短亭，何处是归程？

今日世界，梦向谁边？2011 岁暮的红月亮，又会荡起 2012 怎样的太阳风暴？

中国龙年，在刺骨的寒风中萌生，在冰冷的雪花间酝酿。岁寒，然后知松柏之后凋。2012，不确定的还很多，如欧元能否抗住美元的冲击？欧美的大选能否减少对社会的震荡？西方政客的博弈能否多些道德的考量？能否减少一些对和平的惊扰？但确定的也不少，如欧洲主权债务危机确定会延续。种好自己的田，看好自己的家。积德行善，方为更高境界的普世价值。

龙行天下，泽披广宇。2012 年的中国，五洲激荡的风雷莫不是催进的鼓点，险象环生的世界能否有冲浪的激越？到中流击水，坐地日行八万里！诗人的豪情，一路伴行。

把自己的事情办好——飞渡的乱云间，总有一种声音令我们镇定。咬定青山不放松，任尔东西南北风——风雨飘摇中，总有一种力量让我们坚强。风雨过后是彩虹——山穷柳暗时，总有一种希望助我们前行。

雪埋的一定是严冬，生长的肯定是阳春。

青山无意忘冬寒，黄河依旧笑春风。

2012，壬辰龙年，龙腾中国。飞龙在天，利见大人。到秋日，把酒欢聚，且醉酬年。

（原载 2012 年 1 月 1 日《光明日报》）

我们静静地等待着 *

一

中国"入世"千头万绪。让我们从一个小故事说起。

1978 年，一个中国政府代表团访问美国，福特公司提出可以与中国合资办企业，问我们行不行？我们的官员心中没底，只能王顾左右而言他。

回国汇报后，邓小平同志批了几个字：合资企业也可以办嘛！1979 年，全国人大通过了《中外合资经营企业法》，规定外商投资股份最低为 25％，没有上限。从此，一个新的时代开始了。

不久，北京空港食品有限公司正式成立，这是我国第一家批准成立的合资企业。他们的营业执照文号是合资企业的第一号。

作为关税及贸易总协定（GATT）的缔约国，由于历史原因，我国从 1950 年起中断了与这一组织的联系。1982 年，国务院正式批准恢复中国关税及贸易总协定缔约国地位的申请书。

＊本文原载 2001 年 11 月 9 日《光明日报》，文中数字、机构名称以及人物职务和职称等信息均以当日信息为准。

1986 年 7 月 11 日，在风景秀丽的日内瓦湖畔，中国驻日内瓦代表团团长钱嘉东向关贸总协定总干事邓克尔递交了中国政府关于恢复中国关贸总协定缔约国地位的申请书。中国"复关""入世"的帷幕从此正式拉开。

从以邓小平为核心的第二代领导集体到以江泽民为核心的第三代领导集体，为中国"入世"进行了不间断的努力。

经过 15 年，上百次的艰苦谈判，一个月前，中国"入世"谈判全部结束，中国工作小组顺利完成历史使命。中国正在与世界一起静静地等待着一个历史时刻的到来，等待着"芝麻开门"。

专家认为，这次中国将获得 2/3 多数票获准"入世"。在我国全国人大常委会审议批准后中国将正式"入世"。

二

在经济日益全球化的今天，加入世贸组织是中国融入世界经济的必然选择。

经济全球化作为一种历史大趋势，不仅决定着人类社会发展的进程与方向，而且在一定程度上关系着一个国家的前途与命运。融入经济全球化的进程之中，是加快中国经济发展的战略选择。

正是顺应经济全球化的潮流，经过 20 多年的改革开放，中国全面参与经济全球化的伟大实践，在世界上的地位发生了质的飞跃。目前，中国对经济全球化的一个主要贡献是通过开放市场和利用外资来实现的。中国在吸引外商直接投资方面连续多年居发展中国家首位和世界第二位。

加入世贸组织，将进一步推动中国建立社会主义市场经济和对外开放，以更加积极的姿态参与经济全球化的进程。

天津药业集团总经理师春生认为，从短期来看，加入世贸组织可能会给农业、基础较差的国有企业带来很大冲击，但是从长远来看无疑会给中国带来更多、更大的发展机会。机遇总是与挑战并存。

中国"入世"，将为中国经济进一步融入世界经济创造有利条件。占世界总人口1/5的中国的人力资源和中国的物力资源，与世界经济发展大潮充分结合，各自的优势将得到充分的利用，将会有力地推动世界经济的发展和繁荣。这完全是可以预期的。

中国加入世界贸易组织，将对中国经济贸易发展起到极大的促进作用，可以为中国对外贸易发展创设一个良好的外部环境。中国作为发展中国家加入世界贸易组织，也将能够利用世界贸易组织的一系列规则享受到其他国家和地区的经济利益，为我国的产品、服务找到更好的国际市场。

前任世贸组织总干事鲁杰罗指出：中国已经是相互依存的全球经济中的重要一员。一个对外开放的中国不能袖手旁观地让别人制定游戏规则；一个经济快速增长的中国不能没有有保证地进入全球市场的机会；一个依赖技术和现代化的中国不能落后于世界经济全球化的飞速进程。

三

中国在经贸领域拥有众多的合作伙伴，其中绝大多数是世界贸易组织的成员国。世界贸易组织作为"经济联合国"，它的有关协议及条款对任何成员国均一视同仁、一律平等。中国加入世界贸易组织后，同各成员国按统一的规则发展互惠互利的合作关系，公平竞争，改善同各国的经贸伙伴关系。而且一旦发生争端，可以按规则独立、客观、公正地加以解决。

中国加入世界贸易组织工作小组的最后一任首席谈判代表龙永图认为，中国加入世界贸易组织的好处主要有：第一，为中国的改革开放和经济建设营造一个有利的国际环境；第二，有利于加快国内产业结构调整，增强中国企业的竞争力；第三，有利于提高中国的国际地位，参与国际贸易新规定的制定；第四，有利于中国参与经济全球化。

在他看来，中国引进外资的意义绝不在于引进了多少资金和技术，更重要的是让国内企业看到如何按照国际规则做生意。

龙永图还指出，加入世界贸易组织后，中国的对外经贸管理将一定程度地受到世界贸易组织规则的制约。加入世界贸易组织后，需要对中国有关的涉外经济法律、法规和政策进行清理、修改，对一些不符合世界贸易组织规则的做法进行调整。

还是在中国加入世贸组织谈判结束的时候，外经贸部新闻发言人高燕就指出，这是中国和世贸组织成员共同努力的结果。这一结果将是"双赢"和"共赢"的，因为中国加入世贸组织不仅有利于中国经济的发展，也有利于世贸组织成员国的经济发展。

的确，中国"入世"将为建立一个真正公正的国际经济新秩序带来新的机遇；对于大多数世贸组织成员来说，中国的加入才使得世贸组织的普遍原则得到尊重，才使这一组织成为真正的世界性组织。

四

"9·11"事件，进一步加剧了世界经济局势的动荡程度。虽然从目前来看不至于发生全球性经济衰退，但世界经济将受到"9·11"事件及其冲击波的影响而进入一个低速增长期。从全球范围来看，世界经济增长也会较大幅度减速。联合国有关报告已将今年的增长速度从3个月前预测的2.4%降至1.4%，降至近10年来的最低水平。

但中国经济却在逆风上扬，呈现出勃勃的生机。10月中旬在上海举行的亚太经济合作组织会议为全球经济重新找回了信心。亚太经济合作组织各成员体领导人从中国、从上海看到了世界经济发展的新希望。马来西亚总理马哈蒂尔说，中国的繁荣给所有渴望信心的人上了生动的一课。秘鲁总统托莱多说，全球经济在上海找到了信心。世界期待着中国"入世"，为世界经济注入新的活力。

日前结束的天津市长国际顾问论坛上，与会的外国企业家认为，中国政府和企业已为即将来临的"入世"做了充分、有效的准备，中国完全有能力应付"入世"后的挑战。

摩托罗拉公司副总裁、中国公司首席代表王武小珍女士指出，摩托罗拉从1992年开始与中国投资合作，多年来双方实现了"双赢"。作为较早被批准进入中国的大型外商独资企业，这可以说是中国的第一个"入世"体验，对中国政府和企业有很好的借鉴作用。现在摩托罗拉有很多在中国的供应商，他们已经做了非常好的准备，而且在科技开发方面的决心也很到位。她介绍说，今年11月份，摩托罗拉的董事会在中国召开，这也是他们对中国进入世界贸易组织后的支持，表明他们对中国政府、企业有充分的信心。

中国期待着拿到世界贸易组织的入场券，世界也期待着中国早日参加世界经济大赛。

加入世贸组织后，中国将根据权利和义务平衡的原则，在享受自身权利的同时，严格遵守世贸组织规则，认真履行承诺，与世贸组织其他成员一道，为多边贸易体系和世界经济贸易的发展做出贡献。

新的里程碑 *

9 月 17 日，世界贸易组织中国工作组第 18 次会议在日内瓦落幕，通过了中国"入世"议定书及附件和中国工作组报告书。这标志着中国工作组正式完成了历史使命，中国加入世界贸易组织的谈判至此全部结束。

世界贸易组织计划于 11 月 9 日至 13 日在卡塔尔首都多哈举行第 4 次部长级会议，会议将就中国"入世"进行表决。

中国需要世界贸易组织，世界贸易组织也同样需要中国

我国即将迈入世界贸易组织的门槛。世界舆论认为，"入世"将深刻地影响中国，中国的经济脉搏将更紧密地与世界一起跳动。

在这历史性的时刻，让我们一起去感受世界贸易组织。

在世界经济体系中，世界银行、国际货币基金组织和世界贸易组织就像"三驾马车"，维系着世界经济的运转，推动着世界经济的发展。

世界贸易组织现有 135 个成员，其贸易总量占世界贸易

---

* 本文原载 2001 年 11 月 5 日《光明日报》，文中数字、机构名称以及人物职务和职称等信息均以当日信息为准。

总量的 95%，被誉为"经济联合国"。中国是世界上最大的发展中国家，经济总量位居世界第七，对外贸易额位居世界第十位。

中国如此巨大的经济体，不参与世界最大的经济贸易组织是不可想象的。正是为了国家经济的发展，为了促进世界经济合作，中国从改革开放之初就开始了与世贸组织的对话。

从"复关"到"入世"，漫漫 15 载，虽几经周折，却仍不懈地追求。这是一个负责任的大国的历史抉择。

矢志不渝地追求

中国曾是世贸组织前身关税及贸易总协定的缔约国。台湾国民党政府 1950 年退出后，中国中断了与关税及贸易总协定的联系。1982 年 12 月 31 日，国务院批准中国申请参加关税及贸易总协定的报告，决定开始启动"复关"进程。1987 年，关税及贸易总协定中国工作组开始运转。

从此，开弓没有回头箭。申请"入世"的过程，是中国经济与世界经济进一步磨合的过程；是思想不断解放、改革开放不断深化的过程；也是从第二代领导集体到第三代领导集体深入思考中国发展方向的历史进程。从计划经济到有计划的商品经济，从商品经济到社会主义市场经济，是一个历史性的跨越。

1992 年邓小平同志视察南方谈话，推动了新一轮对外开放。同年 10 月，中国共产党第十四次代表大会正式提出了建立社会主义市场经济体制的目标。"复关"谈判有了新的契机和动力。

1995年1月1日，随着关税及贸易总协定被世界贸易组织所取代，中国的"复关"谈判也转为"入世"谈判。

1998年6月17日，江泽民主席接受美国记者采访时提出"入世"三原则：第一，世界贸易组织没有中国参加是不完整的；第二，中国毫无疑问要作为一个发展中国家加入世界贸易组织；第三，中国的"入世"是以权利和义务的平衡为原则的。

1999年3月15日，朱镕基总理在中外记者招待会上说："中国进行'复关'和'入世'谈判已经13年，黑头发都谈成了白头发，该结束这个谈判了。"

1999年11月15日，中美双方终于就中国加入世贸组织达成协议。

2001年9月17日，世贸组织中国工作组正式完成了历史使命，中国"入世"的谈判全部结束。

十五载春秋，中国这个拥有近13亿人口和年1万多亿美元国内生产总值的巨大经济体，终于站在了世界贸易组织的门口，等待着历史的表决。

规则的制定者，注定是规则的受益者

在1986年到2001年的15年谈判中，中国解答了世界4500多个问题；15年谈判答疑的过程，就是中国改革不断深化发展，不断与世界接轨的历史进程；15年谈判，让中国进一步了解、认识了世界，也让世界进一步了解、认识了中国；15年，中国有了一个新的辉煌的起点。

也许有人会问，以前中国没有"复关"，没有"入世"，

不是也照样发展了，为什么要坚持"入世"呢？

的确，这是一个既简单又复杂的问题。

专家指出，如果中国不加入世界贸易组织，就会逐渐被排除在世界经济主流之外。

如果不加入世界贸易组织，中国更广泛的经贸利益将得不到维护，世界经济总量第七大国的综合经济优势就得不到充分发挥，国家的经济安全也会受到威胁。

如果不加入世界贸易组织，我们就不能参与国际经贸竞争规则的制定。"规则的制定者，注定是规则的受益者。"而拥有规则的制定权，是使我们的子孙后代不再受不公平竞赛规则制约的良好保证。

中国"入世"不仅有利于中国，对世界经济发展也是一个福音。中国社科院研究生院欧亚系教授吴仁彰说，中国是世界上潜力最大的市场，中国"入世"是对建立一个完整、开放的国际贸易体系的重大贡献。

现任世界贸易组织总干事迈克·穆尔说，中国"入世"，将是世界贸易组织发展中的一个重要的里程碑，它从此成为一个名副其实的世界贸易组织，步入发展的新阶段。

中国融入世界经济的必然选择

权威人士分析，中国"入世"总的说来有利有弊，但利大于弊。中国"入世"的利主要体现在以下几个方面。

——"入世"将有利于扩大中国的出口量。"入世"后，世贸组织的 100 多个成员都将给予中国最惠国待遇，再也不必在最惠国待遇问题上遭到美国一年一度的非难，中国的出口有望大幅度增长。

——"入世"有利于中国在平等的条件下参与世界竞争，有利于中国社会主义市场经济的发展。给外商实行国民待遇后，将有利于改善中国的投资环境，对引进外资和提高企业的管理水平、技术水平及自身的活力都有好处。

——"入世"后，中国作为世贸组织的正式成员将可直接参与21世纪国际贸易规则的决策过程，摆脱别人制定规则、中国被动接受的不利状况，而且参与规则制定，有利于保障中国的合法权益；同时，可以把国际贸易争端交到世贸组织的仲裁机关处理，免受不公正的对待。

——"入世"后，世贸组织成员中的主要贸易大国将不得不减少、取消对中国的纺织品等商品实行的不同程度的贸易歧视措施。

——"入世"后，中国的进口关税将降低，有利于人民提高生活水平。

中国要在未来的世界经济舞台上拥有发言权，要成为经济强国，就必须尽早加入世界贸易组织这一"经济联合国"。正是在综合平衡利弊得失的基础上，中国坚定不移地追求着"入世"。当然，中国加入世贸组织，也将面临一些压力和挑战，从另一个角度说，这些压力与挑战就是新的发展机遇。

正如外交部新闻发言人朱邦造所说，加入世界贸易组织是中国政府在经济全球化的形势下做出的战略决策，是与中国改革开放和建设社会主义市场经济体制的目标相一致的。

中国加入世界贸易组织胜利在望，这将是中国与世界共赢的结果。加入世界贸易组织将是我国经济发展迈向新阶段的重要标志，可以说，一个与国际经济全面接轨的新时代即将开始。中国入世既有利于中国的经济发展，也有利于世界贸易组织成员。

　　中国与世界贸易组织，你选择了我，我选择了你，这是我们共同的选择。

对外开放的新阶段 *

近了，近了，又一个历史性的时刻正在加速向我们走来。13亿中国人的目光开始关注卡塔尔首都多哈，关注一个新的起点。

"入世"是我国深化改革、扩大开放和建立社会主义市场经济体制的内在要求，是我国经济发展的需要，它标志着我国对外开放进入了一个新阶段。以发展中国家的身份加入世界贸易组织，对我国经济发展有利有弊，但总的看，利大于弊。抓住机遇、兴利除弊、加快发展是我们的必由之路。

机遇在哪里

世界贸易组织的基本哲学是：开放市场、非歧视以及国际贸易的全球竞争。目前，中国外贸的边际倾向已增长到60%多，中国经济与世界经济息息相关。据了解，"入世"会使中国与其他世界贸易组织成员一样享受如下基本的权利：

——能使我国的产品和服务及知识产权在135个成员中享受无条件、多边、永久和稳定的最惠国待遇以及国民待遇；

---

* 本文原载 2001 年 11 月 8 日《光明日报》，文中机构名称、人物职务和职称以及数字等信息均以当日信息为准。

——使我国对大多数发达国家出口的工业品及半制成品享受普惠制待遇；

——享受发展中国家成员的大多数优惠或过渡期安排；

——享受其他世界贸易组织成员开放或扩大货物、服务市场准入的利益；

——利用世界贸易组织的争端解决机制，公平、客观、合理地解决与其他国家发生的经贸摩擦，营造良好的经贸发展环境；

——参加多边贸易体制的活动，获得国际经贸规则的决策权；

——享受世界贸易组织成员利用各项规则、采取例外、保证措施等促进本国经贸发展的权利。

"入世"，无疑会给中国的发展带来一系列新的机遇。据测算，中国加入世界贸易组织，前十年每年国内生产总值至少多增长一个百分点，而一个百分点，就是400多万个就业岗位。仅服装和纺织两个部门的扩张就将创造540万个就业机会。"入世"，将为中国经济融入国际竞争提供更大的舞台。

外经贸部新闻发言人高燕说："中国加入世界贸易组织与中国改革开放和建设社会主义市场经济体制的目标是一致的。"

世界贸易组织研究专家、上海海关高等专科学校校长于申教授认为，"入世"标志着我国经济将进入一个新的发展阶段，我们将在全球范围内对各种资源进行优化配置，而过去我们从未享有这种"待遇"。

英中贸易协会主席鲍威尔勋爵指出，"入世"后，中国可以受到世贸组织各种规则的保护，任何国家将无法再对中国产品实行限制，这将会使世界贸易量大大增加。

如何抓住机遇

加入世界贸易组织后，我国将由目前有限范围和领域的开放，转变为全方位的对外开放；由以试点为特征的政策主导下的开放，转变为法律框架下可预见的开放；由单方面为主的自我开放，转变为与世界贸易组织成员之间的相互开放。

国务院发展研究中心主任陈清泰指出，加入世界贸易组织，意味着在国际分工体系中国家发展战略将进行重大调整。国家政策重点由对经济的直接干预，转向着力培育一个有效率的市场和有吸引力的投资环境，实行在开放中增强本国经济竞争力的战略，增强"本土"企业的竞争力，促使资本、技术和专业人才向我国流动，以增强国家竞争力。

在此情况下，我们必须加大改革力度。外经贸部部长石广生强调，中国"入世"谈判是在经济全球化加速发展的背景下进行的。面对即将进入世贸组织，我国应该加快建立市场经济的进程，加快对外开放的步伐，以便能迎接全球经济化的挑战和更有效地参加全球经济化的进程。

专家们指出，随着我国"入世"的临近，要一个行业一个行业地提出规划，落实抓住机遇，制定应对挑战的措施；要提高工业、农业、服务业等各行业企业的国际竞争能力，尽快建立现代企业制度，建立技术创新体系，提高参与国际竞争的能力；要加强立法和执法工作，对我国贸易、投资和知识产权保护等各方面的法律、规章进行全面清理，制定新法规，使我国既承担在世界贸易组织中的义务，也能享受相应的权利，促进我国经济在改革开放中更快更好地发展，并为世界经济的繁荣和进步做出自己应有的贡献。

抓住机遇加快发展

20多年改革开放的实践向我们昭示了这样一个道理：只有改革开放才是中国走上国富民强的必由之路。实践同样昭示我们：开放得越早的行业，发展得越快，市场的开放有利于国内公司参与国际化竞争。国内家电业正是在开放中脱胎换骨成长壮大的。经过20多年的发展，中国家电业实现了由弱到强的转变，以春兰、海尔、康佳、长虹等为代表的一大批家电企业早已把"做好中国，走向世界"变成了现实。今天，绝大部分家电企业的负责人都认为"入世"后会有一定的压力，但不会形成太大的冲击。

著名经济学家吴敬琏说，也不要以为加入世界贸易组织后天上会掉馅饼。实际上，机遇来自挑战，机遇在于挑战。最重要的机遇在于我们如何应对加入世界贸易组织后的挑战。他进一步分析说：我们在进行改革开放，但人都是有惰性的，有时会不愿意改。这是因为改革会改变原有的利益格局，会有痛苦。加入世界贸易组织后，有关协议和规则会对我们限定时间，因此我们只能加快改革步伐，抓住我们的机遇。

走进春天的香港（上）*

　　香港回归祖国前夕，1997 年 5 月 5 日至 10 日，我们随中华全国新闻工作者协会（以下简称"中国记协"）采访团经澳门赴香港采访。

　　5 月 5 日上午 10 时 15 分，飞翔号快艇载着我们驶离澳门向着香港破浪而去。作为记者，我们为能在香港回归祖国之前，有机会在春日里到这一世界新闻热点地区采访而感到由衷的欣喜，同伴们忙着拍照、摄像，尽可能多地记录一些历史的镜头。

　　约莫五十分钟过后，梦中的香港从南中国海的万顷碧波间涌现出来：幢幢高楼耸入云端，艘艘海轮穿梭往来，云霭从维多利亚海湾拂过，清风沁人心脾。海关入口处，香港关员轻轻一声问候："欢迎来香港采访！"让人倍感亲切。

向世界推介香港

　　我们的采访从香港贸易发展局（简称"贸发局"）开始。贸发局副总裁黎黄霭玲女士告诉我们，贸发局有 800 多人，

＊本文原载 1997 年 6 月 16 日《光明日报》，文中数字、机构名称以及人物职务和职称等信息均以当日信息为准。

它的主要任务是向世界推介香港！为此，他们每年要在全世界举行300多个展览会，让各国人民了解香港的经济成就。

为了这些展览会，贸发局建立了包容60万家海外公司、10万家香港公司的庞大丰富的信息库。他们每年都要处理500万宗商务往来，正是在处理这些大量商务中，他们对香港经济与祖国内地的关系有了深层次的了解。20世纪80年代以来，香港利用它综合贸易中心的地位，以祖国内地为后盾加速了经济发展。贸发局则发挥它的特殊功能，广泛搜集内地市场信息，为香港企业提供信息服务，引导它们抓住机遇，利用内地改革开放的有利时机，加强合作。

目前，有10万香港人在内地工作，香港企业在内地设厂5万多家，聘用员工500万人，香港成为内地对外贸易的重要"窗口"。许多年以来，贸发局一直在推广香港的商品贸易，随着香港经济向以服务业为主导的方向发展，贸发局的任务也调整为：在亚太新纪元即将来临之时，更全面、更有效地推动香港整体贸易的发展，把香港发展成为亚洲的服务中心。

面对回归，贸发局主席冯国经博士说，回归对贸发局意味着新发展的开始，回归以后，香港与祖国内地实行"一国两制"。香港原有的成功因素保持不变，并且能更有效地得到祖国内地的支持，香港一定能更好地发展，贸发局也一定能在香港新的发展中大显身手。他介绍说，贸发局正在考虑如何进一步加强与内地的联系，迎接香港与祖国内地共同发展新纪元的到来，促进祖国经济的繁荣。

交接仪式，将在这里举行

这是一个神圣的所在，这是一个庄严的场所。6月30日午夜，中英两国政府将在这里共同举行香港政权交接仪式，之后将举行香港特别行政区成立暨特区政府宣誓就职仪式。这个地方就是香港会议展览中心。

从地理角度看，香港处于亚太地区的中心，会展中心又处在香港的中心。作为一项宏大的工程，会展中心将因为香港政权交接仪式的举行而永载史册，成为香港划时代的宏伟标志。据报道，目前报名参加香港回归庆祝活动报道的中外新闻媒体已达780多家，有8400多名记者将向世界报道这一盛事。

5月6日上午，我们走进了香港会议展览中心扩建工程。

自20世纪80年代以来，在内地改革开放政策的影响与经济发展的带动下，香港经济加速发展，贸发局在推介香港时，苦于没有场地组织大型展览。香港会展中心就这样应运而生了！它于1988年建成，使用率极高，但面积很快不够，急需扩建。1994年扩建工程动工，"没有想到，扩建工程后来会被选为香港交接仪式的主场地，我们感到莫大的荣幸。"贸发局副总裁黎黄霭玲说。

没有土地，他们在会展中心前的海面上填海造地建人工岛；场地狭小，他们用光亮建材，高大的玻璃幕墙使扩建工程通体透亮。扩建工程完工后，将新增会议室26个，新增展馆三大二小，最大的1.2万平方米。会展中心总面积可达24万多平方米，这里有亚洲首屈一指最大的大会堂4300平方米，开会时可坐 4300 人，宴会时可坐 3000 人，是香港最大的宴会厅。

扩建工程所在的人工岛由两条玻璃幕墙大桥与原会展中心连接，岛上设有码头、公共汽车站和地铁站，交通十分便利。展馆内有中西餐厅 4 家，每天可提供 1.1 万个座位、6 万份餐食，是香港最大的餐食供应中心。

扩建工程一反香港建筑高耸云天的传统做法，采用底层结构，设计重点为流线型屋顶，设计理念来自海鸟在水面展翅飞翔的形象，成为香港新的风景点。同时，它也寓意着香港经济像海鸟一样，振翅飞向新的世纪。

举行交接仪式的大会堂前厅外面是一道 30 米高的玻璃幕墙，拥有 180 度的广阔视野，置身其中，可以看到外面维多利亚港两岸璀璨耀眼的景象。6 月 30 日午夜，世界各国的人们可通过电视转播看到庄严的交接仪式在这新设计的建筑物内举行。

我们走进会展中心的时候，主体扩建工程已基本完工，3000 名工人正在日夜加班进行最后的修建。中心内外的脚手架已经开始拆除。扩建工程副总指挥陈国辉说，工程将于 6 月 2 日完工后交给特区政府进行最后有关交接仪式的专业装修。

回归，为香港经济发展带来新机遇

5 月 8 日下午，我们走进港府布政司署，与港府经济顾问邓广尧谈起了香港的经济。

他介绍说，总的来看，当前香港经济态势不错，经济增长比去年还好一些。1996年开始时，有些人对1996年和1997年两年的经济展望持悲观态度。但1996年香港经济的实践发展破除了这种看法。1996年香港表现的主要特色是经济回升的速度加快。当年本地生产总值增长率第一季度还只有3.3%，到第三季度已回升至5.1%，超过了香港经济的平均增长值，第四季度升幅则更大。今年内地经济继续走好，出口增长，对香港大有好处。香港内部需求也维持在较好的局面，房地产稳定，股市交投繁忙，投资增长率比本地生产总值还高一些；通货膨胀压力有，但不大，内在经济活跃，失业率维持在2.5%，这是比较合理的比例。现在离回归不远，较好的内部经济气氛对回归有好处。

邓广尧认为，香港经济的成功除了自由企业和自由贸易的经济政策、先进的基础设施、优良的通信网络以及勤劳智慧的香港人的努力奋斗外，香港与内地的经济联系，也是其重要因素之一。香港能发展成为今天的世界主要贸易中心，内地起了重要的作用。内地是香港最大的贸易伙伴，其贸易总量占香港整体贸易总值的35%。香港货柜业务中有60%的货物来自内地。如果没有祖国内地，特别是华南这个后盾，香港就难以成为世界主要经济中心。

香港作为国际商业、金融、贸易中心，服务业较为发达，可以为内地提供一些经验。目前，香港的通货膨胀速度放慢，经济增长强劲，正朝着"高增加值、以科技为本的制造业及达到世界级水平的服务业"方向迈进。邓广尧说，香港发展好了，对祖国经济有益，我们希望对整个国家经济发展有一定贡献。现在，大家有一个共同的兴趣与目标：在香港与内地经济往来方面做得更好、更完善。

新近发表的《1997年香港经济预测报告》显示：1997年香港经济增长率可望达到5.5%，这是内部需求增长与外贸发展等因素造成的。

邓广尧说，这当中香港的回归因素不可低估。祖国内地经济的持续稳定增长给香港经济以强有力的推动，香港资金回流、人员回流就是一个最好的体现。我们相信：香港会在良好的经济状况下，开始特别行政区的新里程，而且一定会继续成为亚太地区最具吸引力的商业都市之一，在世界经济发展中发挥它独特的作用。

走在香港繁盛茂密的楼宇间，聆听香港人充满自信的话语，你会感到，仿佛有一股昂然向上的力量在香港的土地上飞旋、升腾，这是新时代的希望，是香港新纪元的精灵。你好，春天的香港！

走进春天的香港（下）*
——从交通枢纽到商贸中心

　　无论你是从陆路，从海上，还是从空中进入香港，你都会感受到香港交通的便利。启德机场每两分钟就有一次起落，每周有 2600 班定期客货机来往于香港；维多利亚港舟楫往来，日夜不断，每年世界各地抵港的远洋船舶超过 41223 航次；九广铁路铁龙飞驰，繁忙紧张……

　　香港处于亚太地区的中心，独特的地理优势为香港交通运输乃至经济贸易的发展提供了优越的条件。今天的香港，已发展成为世界最大的集装箱港，演变为许多国际航班的转运站，成为世界上第三大航空港，并被誉为"全球第二位最具竞争力的城市"。

便捷的公共交通网络

　　香港交通之便利，不仅体现在与外界的往来上，也体现在市区内的公共交通方面。香港地域狭小，土地资源紧缺，市区建筑不得不往高空发展，这便形成了今天香港高楼大厦林立的景观。而在狭小的楼宇间巧妙地构建灵活便捷的城市

---

　　*本文原载 1997 年 6 月 23 日《光明日报》，文中数字、机构名称等信息均以当日信息为准。

交通网络，便是香港城市交通的一大特色。

香港有 850 多条行车天桥和桥梁以及 487 条行人天桥和 296 条行人隧道，还有 8 条主要行车隧道连接香港各区。行人上天桥都乘电梯，省却攀爬之苦，方便得很。

港岛、九龙和新界三大区域以地铁、海底隧道以及渡轮连接而成。三大区域内又有各自相对独立的公共交通网络，由公共汽车、有轨电车、地铁、出租车组成一个交通体系。全香港有 46.6 万辆汽车、163 辆电车、4592 辆专线巴士，还有数目不少的小型巴士及出租车，平均每平方千米有 270 辆汽车行驶，密度虽高倒也自成一体，忙而不乱。

香港公共交通票价较便宜。从港岛乘渡轮穿过维多利亚海湾，每十五分钟一班，票价两港元；乘香港人称为"叮叮当"的双层有轨电车，无论远近，票价均为一元六角。

一位香港经济界人士深有体会地说，香港有效地利用了资源，便捷的交通更为香港经济的发展创造了条件。面对回归，面对未来的挑战，如何继续发挥香港作为亚太地区交通枢纽的作用，对香港继续保持商贸、金融中心的地位至关重要。

为香港新世纪的发展铺设新跑道

香港是世界上最繁忙的空港之一，1996 年仅有一条跑道的启德机场客运量达到 2954 万人，货运量达到 156 万吨，均居世界前列，但这个运行了数十年的机场已难以满足香港经济长远发展的需要。

为了香港的更好发展，在打消了英方的政治企图和保证未来特区政府拥有一定的财政储备的前提下，1994年11月4日，中英双方签署会议纪要文本，就香港新机场总体财务安排达成协议。双方商定：机场项目要符合成本效益，不能给未来特区政府造成负担。协议签署后，新机场核心工程建设从1995年陆续开展。

香港新机场是一个系统工程。它由十大工程构成，包括新机场、为新机场服务的新市镇、连接新机场与香港本岛的北大屿山高速公路、青屿干线、西九龙快速公路、连接香港岛与九龙的西区海底隧道、中区填海计划、机场铁路、三号干线、西九龙填海计划。由于土地贫乏，新机场在郊外的赤鱲角小岛上兴建：将小岛人工炸平，填海取土，创造土地资源。

这是一个跨越"九七"的重大工程，总预算达到1500多亿港元，其中机场本身耗资707亿港元，公路、填海等市政配套工程耗资45亿港元，机场铁路耗资340亿港元，西区海底隧道耗资65亿港元。

5月10日上午，我们从港岛乘轮船前往新机场工地采访，路程不短，船在海上开了足足一个小时才到达新机场码头。

远远望去，工地上一片繁忙景象。长达1.2千米的客运大楼主体结构已经建成，这将是世界上最大的客运大楼。它集纳了世界各大机场的优点，采用轻质连续拱形屋顶，好似一片片浪花从新机场掠过，数百个值机柜台一字平面排开，旅客不论是进出香港，都能在一个平面上行走，减少了上下楼层之苦。

与客运大楼连接的地面运输为新机场提供道路及铁路综合系统和有关设施。客运大楼外，有无人驾驶的火车在新机场内运行。高速公路通到机场门口，进入香港市区的铁路与机场铁路连成一体，极大地方便了旅客。将来新机场建成以后，旅客乘火车只需20分钟就能到达港岛中心，通过高速公路进入市区也只要30多分钟。

工地上，中、日、英等国的工程技术人员正在加班加点地建设。第一条跑道已经铺设完成，第一架试飞飞机已经在5月份降落在新机场。

新机场工程统筹署副署长张宝德介绍说，新机场核心计划中已经有八项工程完工，只剩下机场与机场铁路还在建设。新机场启用日期为1998年4月。

预计整个工程完成后，新机场将有两条跑道，每小时可起落90架次，年处理旅客量可达3500万人次，空运货物300万吨。香港的铁路和道路设施也将因此得到改善，一些未开发地区将得以开发。新机场还可以满足21世纪发展的需要，为香港带来新的希望。

世界最繁忙的货柜码头

香港是一个天然良港，处于远东贸易航线要冲，并位于正在迅速发展的亚太地区中心。优良的港口服务是促进香港经济发展的重要因素。

远远望去，维多利亚海湾两边，排列着一个又一个集装箱码头，集装箱一层一层地叠向高空，犹如积木搭的城堡。这是香港土地紧张造成的一大景观。

5月8日上午，顶着瓢泼大雨，我们前往葵涌港采访。葵涌港是世界最繁忙的货柜码头之一，也是香港这个世界最大的集装箱码头的重要组成部分。它平均每 3 秒钟处理一个集装箱，从美国的冰淇淋到法国的香水，从祖国内地的服装到英国的皮包等等，一年要处理 1000 万只标箱的货物，对世界经济与民生发展起了重要作用。

如此繁忙的港口是怎样管理的？

1984 年毕业于北京师范大学，如今已升任葵涌港内地事务总监的吕小霄把我们带到了港口的中枢机构电脑调度指挥中心。这是一个大型现代化的电脑控制中心，它采用尖端科技，由先进的电脑及通信设备组成，通过闭路电视监控系统、无线电调度系统及微机箱位计算系统使中心与每一艘进港船舶建立联系。它是目前世界上最先进的港口作业电子控制系统。

每一只集装箱来自何方，去往何地，重量、体积，将要装载的船只甚至舱位，都通过电脑精确计算过，它确保了葵涌港的现代化与高效运转。

在这个中心，尽管当时大雨滂沱，但我们从闭路电视上仍可看到港口作业区每一只集装箱的作业情况。吕小姐自豪地说，葵涌港的作业很大程度上是由电子系统完成的。而全港区只有 2000 名工作人员，其中管理人员只有 100 人。过去 10 年，香港再度成为整个亚太地区，特别是中国的主要转口港，香港 90% 的转口货物均来自祖国内地或以祖国内地为目的地的地方。

香港与祖国内地及亚太国家的贸易往来是推动香港经济发展的主要力量。在这个庞大的贸易过程中，高效率的交通运输网络功不可没。香港回归祖国以后，香港的交通网络将能更好地与华南现有的机场、港口等设备相衔接，构建更为系统的现代综合运输网络，这必将促进香港经济的进一步繁荣，为香港保持和发展国际贸易中心地位做出新的贡献。

　　1997 年的香港，正在全世界的瞩目中，告别往昔，向着中华人民共和国特别行政区的新纪元举步奋进。这也正是香港春天的生机与活力所在！

东方之珠光彩依然 *

　　走在香港的街头，你会发现香江两岸银行众多，中外银行建筑争奇斗艳，而中国银行香港分行那幢亮晶晶的大厦，更成为香港金融业乃至香港的象征。

　　香港是世界金融中心。全世界100家最大的金融机构中有85家在香港设有分支机构，185家挂牌银行共开设1649家分行，各家银行及接受存款公司所持的海外资产超过7000亿美元，这使香港成为全球最大的银行中心之一。而大多数银行都有人民币兑换业务，很是方便。

联合交易所——香港股市大本营

　　从时区上说，香港正好处于纽约与伦敦股票交易所的中间。股市在香港金融中心发挥着重要作用，它是一个不可或缺的接力者。

　　5月9日下午，我们走访了联合交易所。一池清水喷涌而出，拱抱着亨利·摩尔的生命雕塑，雕塑铜绿色的质体交替出一个吉祥的"8"字图形。这就是著名的香港股市的大

---

* 本文原载 1997 年 6 月 17 日《光明日报》，文中机构名称、人物职务和职称以及数据等均以当日信息为准。

本营——联合交易所所在地（简称"联交所"）。

香港证券交易的历史可上溯到100多年前，但今天的联交所则是在激烈的竞争中，由香港证券、远东、金银、九龙四家交易所于1986年组建而成的。它一成立就实行统一的监管规则，引进先进的电脑辅助交易系统，从而大大提高了证券交易的地位和香港股市的国际地位。

但股市毕竟是有风险的。香港人至今还清晰地记得，1987年10月20日至23日，由纽约股灾引发的全球股灾就使香港股市被迫停市四天，造成了重大损失。经过认真的检讨，香港股市进行了重大改革，成立了证监会，负责审查证券金融投资及商品期货买卖等交易，香港股市发展进入了一个新阶段。

香港联合交易所实行会员制，只有联交所的会员，才有资格在联交所进行买卖。目前，联交所共有公司员工及个人会员559名。它是香港股市的前线监督者，所有上市公司都要受它监管审核。

今天的联交所已成为世界主要证券市场之一，成为全球第七大交易所和香港的集资中心，为香港的上市证券提供一个公平、有效及具有透明度的证券市场。目前在联交所挂牌上市的公司有542家，资本市值超过2.4万亿港元。

1993年，联交所成功地发行了H股，从而为内地国有企业吸引境外资金提供了一条新的重要途径。目前在香港股市上市的内地国有企业已经有青岛啤酒、上海石化、马钢、镇海炼化等26家，筹资总额达到343亿港元。

联交所上市科内地事务部助理总监连大鹏介绍说，香港与内地的金融联系日益密切，香港是内地吸引境外投资的首要来源地，香港股市也已成为内地一个重要的集资场所。近期，又将有两家公司在这里上市。

内地公司到香港上市，首先要符合香港公司上市的一般规则，诸如，业务要符合上市条件，市值要大于或等于1亿港元，有三年业绩，公众持股量要大于或等于25%，在香港设置股东名册时，还要符合附加上市规定，如上市时有负责的上市保荐公司、账目编制要按香港会计准则或国际会计准则，至少有2名董事通常居于香港等。

据连大鹏介绍，今年以来，香港股市行情看涨，恒生指数突破了一万四千点大关。内地企业的H股行情也很好。往年平均有50家公司在香港上市，今年则会有60家，可创下新纪录，内地公司H股上市也将有所增加。

从交易大堂二楼的窗口俯瞰，但见宽大的电子交易大厅内，一排排身穿红马甲的股票经纪人正在静静地进行着交易，只有电脑终端上不时变化着的数字，显示着股市的风云激荡。

我们在香港联交所采访的那一天，恒生H股指数从1084.36点上升到1107.56点，上升23.20点。

金融管理局——香港金融业的守护者

香港金融市场由联系紧密的金融机构和市场组成，其特色是流动资金高，且进出香港的资金流量不受限制。在这种复杂的金融状态下，如何保持港币币值的稳定对香港来说至关重要。

1983 年，为避免遭受港币不稳定的影响，香港政府制定了联系汇率制度，即 1 美元兑换 7.8 港元。1993 年，金融管理局（简称"金管局"）成立后，又与包括中国人民银行在内的亚太地区中央银行签订了资金回购协议，以便在出现不稳定的资金流向时，能及时获得足够的流动资金，维持货币稳定。

在联系汇率的框架内，维持港币币值的稳定，制定及执行金融政策，促进银行体系高效、安全和稳定运营是金融管理局的重要工作。在银行监管方面，金管局制定了《银行营运守则》，促使银行机构制定妥善的风险管理制度，并要求金融机构定期报告所承受的市场风险，从而提高了银行业务的透明度，有利于减少金融风险。

同时，金管局还加强了对外汇市场的管理，对从事外汇及货币批发经营的货币经纪实行发牌管理，在全港推行先进的即时支付结算系统，使所有经金管局结算和交收的债券交易能以即时货银两讫的方式进行，减少了结算风险。

稳定的货币加上相应的金融政策、有效的基础设施及先进的网络技术，为香港金融发展奠定了基础。尽管去年全球外汇市场大幅度波动，但港元依然稳定在 1 美元兑换 7.8 港元的水平线上。正如一位权威人士所说，香港金融管理局通过实施金融监管和稳定汇率等措施，为保持香港繁荣和稳定回归做出了重大贡献。

5 月 7 日下午，在采访香港金融管理局时，高级经理陈裕宗向记者介绍说，香港回归祖国后，如何保持香港金融中心的地位，是香港金融机构正在考虑的问题。为了做好工作，金管局新近成立了"市场发展部"，加强对内地政策及改革措施的了解，研究其对香港货币金融体系的影响。金管局新近还与中国人民银行首次进行合作，举办了有关研讨班，向内地金融界人士介绍香港的金融政策、现状及监管情况。

1996年11月13日，中国人民银行行长戴相龙在香港银行公会晚宴上致辞时说，保持香港金融中心的地位，不仅是香港和内地经济繁荣的需要，也是亚太地区金融稳定的需要。香港回归之后，凭借《中华人民共和国香港特别行政区基本法》提供的保障以及内地持续增长的经济，香港金融业发展将遇见新的机遇，有利于巩固和提高香港国际金融中心的地位。

在谈到1997年之后处理香港与内地金融关系时，戴相龙给香港银行界吃了一颗"定心丸"。他说，内地与香港的金融关系将是在一个主权国家内，不同经济、社会制度下，两种货币、两种货币体系以及两个金融管理当局将保持相对独立，所有两地间的金融关系将完全按照国际金融惯例处理。

1997年以后，香港会享有高度的金融自主权。而中国人民银行会在金融管理局提出需求时，承担支持香港稳定的义务。中央政府不会出于任何理由和以任何方式动用香港的外汇基金和其他资产。

香港作为国际金融中心将持续参与国际性及地区性金融组织，发展对外金融关系。世界银行今年秋天将在香港会展中心举行盛大的年会，这是国际金融界对香港未来充满信心的最好表现。

香港人也以自己特殊的方式表达自己对香港前途的看法。在客户存款中，港币占有份额代表了港人的信心。1992年，香港存款总额为1503亿港元；1996年，存款总额增加到2433亿港元，其中港币1400亿港元，而外币为1033亿港元，港元的比重大为增加，这说明港人对港币与香港的前景充满了信心。

　　我们有理由相信，回归之后，香港金融中心将继续大放异彩！

圆梦台湾 *

　　终于踏上台湾的土地了。那天，傍晚时分，当我们乘坐的台湾长荣航空公司的空客飞机徐徐降落在台北桃园机场，那似曾相识的场景便一幕幕在眼前展开。一样的风情，一样的语言，一样的文字，一样的山水，一样的食物……还有什么更能说明两岸隔不开割不断分不了的亲情？

　　终于踏上台湾的土地了，在6月那个美好的时节。我到过世界上不少的地方，但哪儿也没有比到宝岛台湾更令人激动，令人兴奋！一接到台湾"中国新闻学会"的邀请，我们一起访台的团友们就兴奋地张罗开了：上网查资料，精心挑选带给台湾同行、友人的礼物；搜集有关此行的有用信息，甚至包括哪里有什么景点，哪里有什么看点，哪里有什么可以购物的卖点……一切是那么地让人兴奋。分隔得太久了，来往得太少了，以至这些年，稍稍有点动静，两岸都兴奋不已。海基会、海协会恢复交往，国共两党领导人会晤，两岸对话交流活动展开，两岸经贸往来协议增加，两岸"三通"

　　*本文原载 2010 年 7 月 6 日《光明日报》，文中人物职务和职称、机构名称等信息均以当日信息为准。

实现……这些历史性的重大举措仿佛都在一夜之间成为现实。

终于踏上台湾的土地了，我也终于圆了走遍神州的梦想。因为新闻工作的关系，平时出差机会较多，此前到过除台湾以外全国所有的省区市。1997年那个春天，香港回归前，也把香港、澳门一起踏访了。唯独台湾，一直未能如愿。以前在福建出差的时候，记得在什么山上还透过望远镜远眺过金门……那时就想，什么时候能到台湾看看就好了。机缘就这样不期而至，受台湾"中国新闻学会"邀请，在中国记协的组织下，我们中央媒体一行14人在6月上旬进入台湾，而且从南到北，从东到西，是一次真正意义上的全岛巡访。这为我们提供了一次十分难得的亲密接触、全面了解台湾的机会。我们都非常珍惜，感恩感恩再感恩。

9天的时间里，我们在台湾最北端的野柳感受到海水鬼斧神工的力量，为那被水刀割成豆腐块的巨石而慨叹；我们在最南端垦丁的巴士海峡边下海畅游，望青天苍苍海水茫茫；我们在日月潭乘舟荡漾，在阿里山信步徜徉，在高雄港看渔船帆樯，在花莲外海观海豚嬉戏。然而，一路走来，最难忘的感触最多的，还是那些台湾同行们以及他们奋斗打拼的故事……

台湾人是那么热情。我们一下飞机，台湾"中国新闻学会"的秘书曾襄川先生就热情而细心地一一招呼我们。他在我们后来的整个行程中提供了十分周到而细心的服务，让我们一行人十分感动。

一场喜雨刚刚清洗过台北，湿漉漉的空气中弥漫着熟悉的南国气息。

乘着初上的华灯，我们驱车赶往台北一间生意十分火爆的饭店，台湾"中国新闻学会"在那里为我们接风。大瓶的金门高粱，热情的欢迎词，还有觥筹交错之间的酒令……个个都是那样亲切，我们实在有走亲戚的感觉了。就是在这个接风宴上，我们结识了台湾新闻传媒界的头面人物——世新大学董事长，也是全国人大常委会副委员长成思危的妹妹成嘉玲，一个热情、大度的女帅；台湾"中国新闻学会"理事长牟宗灿，一个儒雅、博学的长者；以及《联合报》、"中国广播电台"、东森电视台等媒体的负责人；还有高雄大众广播公司（英文缩写 KISS）的袁韵婕台长，一个漂亮、热诚，酒量也大的巾帼。后来，我们逐渐发现，台湾媒体的女将们酒量都很是可观。

　　我们的访问以参观台湾新闻传播单位为主线。

　　先是参观了台湾"中国新闻学会"与世新大学。前者是行业组织，成立于 1941 年，在台湾新闻界起着润滑、协调的作用，在与祖国大陆新闻界的互访中发挥了重要作用。可以说，大陆的中国记协与台湾"中国新闻学会"就是两岸新闻界的"两会"，就像为发展两岸关系而设立的海峡两岸关系协会与台湾海峡交流基金会。台湾"中国新闻学会"与世新大学关系密切，新闻学会大楼里有许多活动，许多风华正茂的学子正在里面听讲座、参加活动，倒也增强了新闻学会的活力。世新大学是台湾新闻教育界的前进基地，1956 年由成舍我先生创办。校园依山而筑，不大但很温馨。这里培养了台湾新闻界的中坚力量，至今的许多名主持人、名记者、名编辑都是从这里毕业的。近年来，他们又与祖国大陆新闻教育界开始了学生互访，活力在增强。

台湾新闻业较为发达，传统传媒、新兴传媒发展迅速，且媒体的融合进展较快。在联合报系，我们看到一个集报纸、电视、网络于一体的大开面工作间，报系中的大小报纸不再分层分楼办公，而是聚集在一起，分区作业，中间由一个巨大的电视环幕组成指挥中枢，大小总编集中办公。记者编辑们也各自办公，互不相扰。就连网络电视台也在办公区一角悄悄地工作着。这种物理融合正在向化学融合转变，向着多媒一体、提供影音新闻的现代新兴传媒风格嬗变。

台湾新闻界竞争很激烈，报纸不知有多少家，地上公开的电台有200多家，地下私人电台还有200多家。这令总部位于高雄的KISS电台备感压力。KISS是一家音乐电台，兼做语音新闻和网络新闻。1995年2月14日情人节时成立。女台长本有丰厚的家业可以继承，可以不需要打拼就能坐享其成，但祖上创业的基因令其不甘享乐，她自己白手起家，独自创业，拼出了一片声音的天空。该台以音乐为载体，向着新闻、网络、刊物、网络购物等多方面拓展，如今影响已经波及全岛，创造了多项台湾传媒业的第一。该台的社会活动更是声动宝岛，去年一年内他们就做了大大小小400多场活动，大至迎新晚会，小至商场促销狂欢会，气氛热烈，效益也很可观。周杰伦、张惠妹等祖国大陆青年追捧的偶像们都应邀参加过他们组织的活动。可今年形势就不乐观了，世界金融危机影响日益加深，企业不景气，赞助商难找，活动开展不了，效益大受影响，生存压力骤增。不得已，KISS电台也在减员增效，艰难而顽强地生存着，但KISS电台的电波还在不间断地发送着。我们临行前的那个夜晚，美女台长从高雄赶到台北，参加"中国新闻学会"为我们举行的送行酒宴。她照样大口喝酒，大声劝酒，坦言：我们要永远以光彩的一面留给听众、留给客人。即使不小心跌倒了，爬起来，掸掸尘土，继续前行……

悟已往之不谏，知来者之可追。而今，两岸往来不断增加，两岸交流日益加深，两岸对对方的知晓欲望日益加强。新闻媒体在这当中发挥着越来越重要的功用。我们到访的新闻单位，无论是平面媒体还是电子媒体，无论是传统媒体还是现代媒体，都以不同方式与祖国大陆新闻界展开了新闻交流。特别是东森电视台，与中国中央电视台、深圳电视台等多家电视台开展了新闻连线，及时将两岸新闻传播给两岸的受众。"中央通讯社"、更生日报社、中时媒体集团等也都以不同的方式与祖国大陆媒体在资讯上进行着交换与交流。我们在台期间，正值深圳富士康事件应对时期，郭台铭及其管理团队召开董事会，商讨对策，台湾的电视上也不停地进行着讨论，对两岸企业合作探讨着生路。

的确，随着时间的推移，两岸的经贸联系日益密切，祖国大陆经济对台湾经济社会的影响日益加深，祖国大陆市场对台资与台湾商品包括农产品的逐步开放，成为台湾经济发展的重要推动力量。客观地说，台湾这些年的发展速度明显降低，经济活力在下降。而欣欣向荣的祖国大陆市场与巨大的消费空间，为台湾商品提供了充足而又令他国人士艳羡的战略大后方。两岸互惠互利的经贸往来，更是台湾经济继续前行的不可或缺的助力。我们在台湾访问期间，许多人士都表达了这样的认识：现在已经无法想象，没有祖国大陆市场，台湾商品生路何在？正如一位老人所说，正是从这个意义上说，两岸交流是大势所趋，浩浩荡荡，顺之者昌，逆之者亡。

记得印象最深的一席话，是在高雄 KISS 电台举行的欢迎午宴上，牟宗灿理事长专程从台北坐高铁赶来与我们共餐，主人袁台长酒热衷肠，感慨人生，言之切切：我们不怕失败，失败了爬起来继续笑对人生；我们现在最怕的是战争，20 秒时间可能需要 20 年才能恢复，20 年啊。酒后真言，听者动容。大家纷纷举杯，为和平祈祷！

我们希望和平，两岸需要和平。两岸的中国人在和平的境界里自然而友好地生活着。让时间去消磨一切，让历史去填平鸿沟。行文至此，闻报两岸直航航班又有增加。7 月初起，两岸每周各增加 50 班。截至目前，两岸客运直航航班每周达 370 个班次，祖国大陆 33 个机场和台湾 8 个机场成为两岸通航航点。

有交流，就有希望。

交流、沟通、理解、和谐，两岸中国人一定会用大智慧面对历史遗留问题。一个现代、文明、融合、和谐的中国，必将在两岸中国人的努力下变成现实。

我们祈祷并祝福着……

感受国庆[*]

国庆在哪里？国庆气氛是从什么时候开始的？对于一个国家和这个国家的人民来说，这是一个非常有凝聚力与向心力的问题。

2015 年中国的国庆气氛至少是从中秋节就开始了的。这年的中秋与国庆只相差三天，仿佛兄弟节日联袂而至，给亿万人民增添了双重的期盼与欢乐。因此，中秋之时，人们的问候语就已经是祝贺双节快乐了。节上加节，乐上加乐，好事成双，岂不美哉？！

国庆前一日的上午，中央领导人与首都群众一起在天安门广场向人民英雄纪念碑敬献花篮。国旗招展，国歌嘹亮，举国庆生时，鲜花献英烈。国庆就在这无尽的祭奠、思念与缅怀之中开始了。

其时，微信正盛，微友们早早地寄托奇思："今日已无心思上班，心中惦记着早早下班，去为祖国母亲庆生。对母亲的爱戴之情过于炽热，一个阳历庆生已然不足以表达庆生的浓情，最好是阳历庆生之后，再过一个阴历的国庆节……"

＊本文写于 2015 年 10 月 1 日。

虽然多少有点调侃之意，但民间妙思于此可见一斑。国庆气氛就在一系列的创意中逐渐蔓延开来。

为了庆生，全国高速公路 10 月 1 日 0 时起免费通行，心急的驴友提前两个小时，就驾车兵临关口，只待时辰一到，一车当先，奋轮奔驰在祖国的高速公路上，撒欢儿地前行、前行，去享受庆生的欢乐。

这是上下五千年长寿的祖国母亲新生 66 周年的华诞。六六大顺，华夏儿女普天同庆。国庆的气氛是从清晨的第一缕霞光开始的，浩荡的秋风吹散了浮云尘埃，首都的净空万里如洗，秋阳明艳而骄傲。

仍坚守在工作岗位上的人们最值得尊敬。上午 10 时 30 分，建国先生召集中央新闻单位值班人员到长安街上的部里开会，布置工作。他老先生也自知大过节的开会"很不受欢迎"，歉意中不忘调侃。12 时许散会，祝愿大家节日值班愉快。

记得小时候常听广播里说一些口号式的报道，向节日里坚守在工作岗位上的劳动者致敬。此时，从那座大楼里走出来，看着阳光灿烂、碧空清澈的十里长街，顿感庆生的欢情在首都的天地间惬意地流淌。

莲花河绿化美化一期工程赶在国庆前完工了。原本拥挤混乱、人车混行的脏乱小路被规划一新。河道边，木栈道、自行车道、汽车道、砖砌散步道与大小不一的花坛由外到里，依次展开。高低错落的行道树穿插其间，以人为本的现代城市景观理念得到充分展现。男女老少，莫不欢欣。一对对情侣执手徜徉，一群群少儿嬉闹雀跃。间或有父子姐妹在花间空地挥拍打球，其乐融融。

薄暮时分，灵机一动，何不趁此良机去天安门广场感受一下国庆气氛。说走就走。我们坐地铁在珠市口站下车，由前门步行街南口北上。

其时，古色古香的步行街上，游人摩肩接踵，两侧的商铺华灯初上，五彩的灯光仿佛商铺张开的笑脸喜迎着八方来客。东来顺、庆丰包子、都一处、老北京炸酱面、北京美食街……这些京味老店兴高采烈地召唤着全国各地甚至世界各国的游人。全聚德烤鸭店外卖窗口前排起了上百号人的队伍，人们耐心地等待着捎回一只新鲜出炉的正宗北京烤鸭，带走一片首都的浓情。前门步行街已经与时俱进地成了世界的窗口，中国重庆的谭木匠、上海丝绸店、老北京礼品店、联想电脑与ZARA、H&M、瑞士梅花表、韩国三星手机等国际品牌一起比肩而立，和谐相处，展现着这条古老大街的国际风范。老字号的中国书店静静地开设在商业味道浓烈的大街上，图书的文化气息算是恢复了这条商业大街的人文精神，也抚慰了这条饱经沧桑的百年老街的灵魂，精神与物质的天平总算得到了平衡。在这里，我们收获了两张手绘的北京地图、一本线装彩色花卉画谱。

提搂着这精神食粮，我们继续北上。穿过过街地下通道，越过车流不断的前门西大街，经过安检，终于随人流踏上了国庆气氛浓郁的天安门广场，这是新中国的心脏地带。

此时，夜幕低垂，彩灯绽放。广场四周以及主要建筑的景观灯尽情盛开，烘托着这庆生的氛围。大会堂里今晚有面向大众的演出，后来才知道是中央芭蕾舞团承办的庆生演出。正是进场时分，人流涌动在大会堂前。广场上，游人如织，但高潮尚未到来，明亮的华灯照耀着鲜花吐艳、绿草成茵的广场花坛。园林工人精心搭建的绿色长城景观生机勃勃，在猎猎红旗的映衬下，更显庄严与壮丽。广场中心百花盛开的喜庆花篮四周，游人欢聚，大家争相合影留念。远处，灯火通明的天安门城楼神采奕奕。夜幕下，这一片热土，人潮花海灯河，欢声笑语翔梦。国之庆，民之欢，天人共乐，美轮美奂。身穿各种鲜艳服装的青年男女东拍拍西照照，像一只只勤劳而又兴奋的蜜蜂穿行在人潮涌动的景点间，记录着这欢乐的时光。

多少年没有在国庆之夜来过广场，多少年没有这么近距离地观赏天安门城楼了。在喷泉涌流、人潮涌动的天安门城楼前，我们也成了为祖国庆生的人潮中的一分子，感受着这国庆之夜的热情与祝福。

夜光向深处流动，人潮如涌浪般越来越猛，越来越多。我们在更大的夜游人潮来临前抽身离去，而广场上热烈和谐的庆祝仍在继续。

此时，我们将随手录得的广场之欢、民情之美，通过微信发向朋友圈，让朋友们一起去分享这庆生的欢情。潮水般的点赞如期涌来，激动者如易哥子，如利国发来了"祖国万岁！"的祝福，首都观众献上了鲜花庆贺。令人沉醉，在这秋意庆生的晚上！

圆中国一个梦想 还世界一个奇迹 *

——人大代表畅谈跨世纪中西部开发战略

让我们再一次把关注的目光投向祖国的中西部。

——千百年来，多少英雄豪杰把建功立业、大展宏图的梦想倾注在这片神奇的土地上。

——白云苍狗。这片曾以波澜壮阔的故事辉映了五千年中国历史的土地，已不再激起令人激动不已的向往之情。这里剩下的似乎只是旅游者眼中的塞外景色、大漠风情和悠悠岁月的沧桑。

——而今，古老的中国正以重新焕发的活力，站在新世纪的门槛前，满怀信心地重塑祖先曾经拥有的灿烂与辉煌，实现中华民族的伟大复兴。这份远大的抱负，让我们不得不再一次把希冀的目光向中西部眺望。

君不见黄河之水西部来，滋润神州几千里；君不见长江之水西部来，养育中华多少年。

西部的历史，悠远古老；西部的现实，富饶贫困。

开发中西部，是20世纪留给中国的一道难题；发展中

---

* 本文原载 1999 年 3 月 15 日《光明日报》，合作者王玮、唐湘岳、高建进、陈建强、刘希全、戴自更、朱庆，文中数字、机构名称和人物职务和职称等信息均以当日信息为准。

西部，是壮大中国经济总量，实现跨越式发展的希望所在。

让我们关注中西部就像关注我们自己一样，这是新世纪的召唤！

中西部人民的热切期盼

记者的手头有一封西部的来信，发信地是甘肃省白银市平川区黄峤乡峤山小学，署名"王俊"。他是在接到北京希望工程的捐助以后，给捐款人写了一封感谢信。

这位小学生在信中写道："我出生在一个贫穷的小山村。由于我们这儿是靠天吃饭，十年九旱，也没有别的经济收入，所以上学也特别地困难。念书对我们这些山村的孩子来说，（是）渴望已久的梦想。"

孩子的话语，朴实而又真诚；孩子的心灵，纯洁而又明亮。生活在这片土地上的人们一定会感受到这份渴望，但是他们的雄心却还需要一对坚强的翅膀。

"对于西部，我们欠了许多许多。那里有我们的思念，那里有我们的情债。"宁夏回族自治区文联副主席马桂芬代表说："一想起西海固等西部山区，一想起那片土地上的人们那渴盼的目光，我的心就会颤抖。"

在文化下乡的活动中，她亲身体会了西部人的心情。她介绍说："西海固人需要文化建设，他们对文化活动有很高的积极性，但那里文化设施简陋，经费不足，条件太差，机会太少。西部的贫困首先是文化的贫困，人的素质落后，而这又是教育的落后造成的。"

"在实施开发中西部战略中，国家应该在资金和政策上继续向那里倾斜。加强西部地区精神文明建设的投入，用健康向上的文化占领农村阵地，用文化滋润西部人民的心田。"

延安市市长刘孝文对这一点深有同感："大西北不是没有资源，不是没有发展空间，但大西北最缺乏的就是文化教育。要开发中西部、发展中西部，重要的就是要重视提高人的文化素质。文化的力量，有时比物质的力量还要强大。"

"不是我不想你，是我不敢去看你。"这句歌词道出了多少人对西部的复杂情感。过去，祖国综合国力不够强大，没有足够的力量去帮助西部、发展西部，只能先从东部自然条件较好的地区起步，发展我们的经济，建设我们的国家。

但小平同志说得好："社会主义要消灭贫穷，贫穷不是社会主义，发展太慢也不是社会主义。"让一部分人、一部分地区先富起来，最终达到共同富裕的目标。这，就是我们的追求。

"改革开放 20 年的实践，使我们积淀了经济实力，有了一定的物质基础，"陕西省省委书记李建国代表说，"中西部大开发，是党中央的大战略、大思路，现在是加快脚步付诸实施的时候了。我们不能再让中西部继续落后下去了。"

中华民族发展的新机遇

当火车开进延安的时候，当汽笛响彻宝中大地的时候，当钢轨铺上云贵高原的时候，山山寨寨的父老乡亲们来了，他们迈着急切的脚步，带着期望的目光来了。

火车，这一工业社会的交通工具，在 20 世纪 90 年代陆陆续续地开进了大西北、大西南，开进了中西部人民的心田。

西部不只是西部人的西部，西部是全中国人的西部。

据有关资料统计，1998年全国投资增长19.5%。在这当中，中部地区增长13.8%，东部地区增长19.3%，而西部地区增长率则达到29.1%。国家加大中西部开发的力度明显增强。

"中西部地区开发将是21世纪我国经济增长的重要支点，"新疆伊犁哈萨克自治州政协主席林天锡代表说，"地处我国西部的新疆，战略地位十分显著，自然资源十分丰富。新疆又是全国的棉花基地，草资源极其丰富，生态生物的多样性更是新疆独特的自然优势。新疆的开发和振兴对于中国的发展具有重要意义，其中的关键是要把新疆的自然优势尽快转化为产业优势。我相信，有党中央好的政策，有全国的无私援助，有新疆各族人民的艰苦奋斗，新疆的经济一定能够腾飞。"

宁夏代表团冯之浚代表说："现在国家把东、中、西部地区发展放在国际国内的大格局中去思考，放在经济全球化和世界多极化的高度去看待，这是认识上的一个升华。中西部开发具有重大的政治意义和经济意义。"

这位身为未来学家的全国人大代表说："党中央越来越清楚地把中西部开发放在全国的大格局、大环境中去考虑，对中西部发展极为有利。扩大内需、实行积极的财政政策，也明确地向中西部倾斜。这是一次跨世纪的历史大机遇。"

他认为："现在有党中央的支持，有中西部人民一心一意想发展、求进步的强烈愿望，关键是要看我们能不能抓住机遇，求得更快的发展。"

开发中西部需要全国支持

"加快中西部经济开发，是促进区域之间平衡发展、增加就业机会、保持全国经济可持续发展的重大战略，"青海省省委书记说，"开发中西部不仅是加快中西部发展的要求，也是整个国家发展的需要。没有中西部的发展，就不会有全国的发达进步。"

对中西部开发魂牵梦萦的甘肃省政协副主席、兰州市市长一谈起这个话题就滔滔不绝。

"西部的开发，首先要从中心城市做起，只有中心城市发展起来，才能一步步带动周边乃至整个西部发展起来。兰州有50年发展形成的工业基地，有资源和地理优势。另外，兰州的人才优势在西部也比较突出。50年前的兰州不到10万人口，而今科研人员就有10多万人。"他说，"这些条件，如果再加上资金的支持，完全可以大干一番。国家要向不发达地区进行投资拉动，给当地'第一次推动力'，有了这次推动，这些地区才能够滚动起来，并不断向前发展。"

宁夏石嘴山市市长马瑞文代表说，国家应当像当年开发开放东南沿海一样，重视和支持西部开发问题，高起点、全方位促进人才、知识和财富向西部流动。

重庆市市委书记张德邻代表指出，加快西部地区开发，是党中央的一项根本性和全局性的战略决策。建议抓住这次扩大投资、启动内需的有利时机，在项目的确立和资金的安排上，实实在在地向西部地区更多地倾斜。

重庆市人大常委会副主任王云龙代表建议国家重视研究中西部开发与三峡百万移民的关系问题。中西部开发可以为三峡移民创造广阔的空间，三峡移民又可以为中西部开发提供丰富的劳动力资源，二者可以起到相互促进、相互推动的作用。

李建国代表说，大力加强基础设施建设，这是西部大开发的前提条件。在解决制约西部地区发展的基础设施问题的同时，还要重点研究解决两个问题，一是投资政策，一是移民政策。

西藏日喀则地区行署梁殿臣指出，要彻底改变民族地区的落后面貌，就要从根本上发展经济，提高人民群众的物质和文化水平。建议国家采取优惠政策扶持这些地区，跟上全国发展的步伐。

每一个中国人都期望并相信，我国的西部应该有光辉的未来。我们同时也应该思索，对于这块被寄予了无限渴望的地方，我们要做的也许不应仅仅是渴望。

每一个西部人也应该明白，路必须向前走。这样的勇气与信心让古老的文明顽强地走过了五千年风雨历程。在对国家寄予期待之余，也应该想想，今天，自己还能够做些什么？

开发的同时要十分重视保护生态环境

人口、资源、环境的协调发展是我国的一项重大战略任务。新疆维吾尔自治区政协主席、新疆农业大学博士生导师许鹏代表指出，在加速西部地区开发的同时，一定要从长计议，不能忽视生态环境的建设和保护。为此，他动情地讲了一段塔里木河的故事。

塔里木河位于新疆南疆塔克拉玛干沙漠北缘和东缘，是我国最大的内陆河。两岸面积辽阔，光、热、土地、森林、草地、物种、油气、旅游资源丰富，是我国 21 世纪极具开发潜力的地区之一。

但如今塔里木河干流生态环境急剧恶化，下游的人工绿洲生产带难以维持，特别是中游沙漠化加剧，将直接威胁天山南坡绿洲经济带的发展和稳定。

许鹏代表坦言，塔里木河生态问题需要引起高度重视。

"发展经济要十分注意环境治理和生态环境保护，绝不能以牺牲环境为代价，"青海省省委书记说，"长江、黄河是中华民族的母亲河。青海是长江、黄河、澜沧江的发源地，是我们国家的'水塔'。保护好江河源头的生态环境，不仅关系到青海的经济发展，也关系到我国经济的可持续发展。"

"加强对江河源头的保护是一项长期任务，仅靠一个省的力量远远不够，需要沿江、沿河各省、区、市和全国人民的共同建设和支持，让我们的母亲河永葆青春。"

尾声

世界给中国一个辽阔的中西部，就给了中国一份希望；历史留给我们一个中西部，就留给了我们一个大发展的空间。全力开发中西部，就一定会迎来中华民族振兴的新纪元。

——这是一个重要的时刻，20 世纪即将过去。经过艰难的探索，我们有了修改后的根本大法作为保证，进一步明确了国家的根本任务，这就是：沿着建设有中国特色社会主义的道路，集中力量进行社会现代化建设；我们确立了依法治国的方略，找到了社会主义市场经济的重要组成部分，找到了民族新的希望。

　　——这是一个非凡的时刻，人类即将进入 21 世纪。纵观世纪之交的形势，我们面临着历史机遇和新的挑战。前进道路上可能还有坎坷，还有曲折，但我们有了动力，有了方向。

　　三月的北京，春意盎然；三月的祖国，春风浩荡。这是新的春天，这里有新的希望。

　　让我们一起关注中西部，关注我们民族的未来。

　　让我们共同努力——圆中国一个梦想，还世界一个奇迹！

中国：壮丽地成长 *

仅仅在一年之前，中国人民还在怀着共同的心愿，强烈地期盼：把一个充满生机与活力的中国带入 21 世纪。

300 多个日夜更替之后，顶着世界经济增速放缓的压力，顶着难以预料的国际风云变幻，新世纪的第一年，中国首战告捷。申奥、APEC、加入 WTO……中国长风破浪，马到成功！2 月 22 日下午，站在举世闻名的万里长城上，美国总统布什情不自禁地发出了这样的感叹：长城依旧，但中国早已今非昔比。

300 多个日夜更替之后，一个更加强烈的声音响彻神州大地：努力保持一种朝气蓬勃、奋发有为的精神状态，"统一思想，坚定信心，沉着应对，趋利避害，转变作风，扎实工作"，努力实践"三个代表"重要思想，以新的更优异的成绩迎接党的第十六次全国代表大会的召开，迎接一个新的大发展时期的到来。

---

* 本文原载 2002 年 3 月 15 日《光明日报》，由人大采访组集体采访，陆彩荣执笔。文中数字、机构名称以及人物职务和职称等信息均以当日信息为准。

黄浦江的新叙说

记得还是 3 月 7 日上午，那个春光明媚的日子，人民大会堂上海厅，上海代表团正在这里集体审议《政府工作报告》。

列席代表、上海市市长讲述着上海发展的新打算。从经济发展说到基础设施建设，从宏观构想谈到上海母亲河黄浦江的改造。

"水是生机，水是活力，水是城市的血脉。这'一江'对于上海的明天非常重要。它是上海优秀的城市资源，是上海赖以新发展的依托。"

上海市市委书记黄菊代表插话说："好的资源要好好地用，高标准规划。"他介绍说，黄浦江规划第一轮国际招标已经展开。一段一段地规划，一步一步地落实，把黄浦江这篇大文章做好。

黄浦江两岸旧日的码头、仓库、工厂将转化为金融、贸易、高档住宅、旅游项目，沿江三千米的一条大路将成为上海新的风景线。把江面还给上海人民，让市民沿江而居、沿江而乐。把浦江两岸建成风景优美的新世纪景区，这是上海新发展的新起点，是上海 21 世纪的新亮点所在。

黄浦江正在新生，上海正在新生。这是新世纪的新生，充满朝气与活力的新生。

"干部手中的权力是人民赋予的。掌权的人要有为人民服务的理想，要善于决策，更要善于落实。要真抓实干，多为人民办实事、谋福利。"江苏省省委书记回良玉代表的话朴实而坦诚。

2002 年，是我国正式加入世贸组织后的第一年，我们的现代化建设进入了新阶段，对外开放进入了新阶段，党的建设也进入了新阶段。

在新的一年里，面对机遇与挑战交织在一起的新形势，面对工作要求高于往年、遇到困难多于往年的新情况，我们如何应对？

回良玉代表的话说出了时代的心声："我们要巩固和发展当前的大好局面，要迎难而上、乘胜前进，这些的关键在于要有一个奋发有为的精神状态。"

——"奋发有为，就是要按照'三个代表'的要求，解放思想、与时俱进，形成一种蓬勃朝气、昂扬锐气、浩然正气，在发展先进生产力、发展先进文化、实现人民群众根本利益上有新的作为，以生生不息的龙马精神，开创万马奔腾的新局面。"

——"奋发有为，对江苏来说，就是要把'富民强省、率先基本实现现代化'始终放在总揽全局的核心位置，树立率先之志，善谋发展之策，激发创业之情，强化落实之功，形成人和之力，继续保持强劲的发展势头，为全国现代化建设的大局做出应有的贡献。"

毛乌素沙漠的故事

这是内蒙古代表团陈寿朋代表讲述的一个真实的故事。

毛乌素沙漠腹地有一个叫背景塘的地方，这里曾经寸草不生。1985年一个叫殷玉珍的陕西姑娘远嫁到这里。

背景塘只住着一户人家：她和她的丈夫。风沙吹时，他们那破旧的小屋被吹打得摇摇晃晃，几近被埋没。然而比这更难熬的还是沙漠中的那份寂寞。他们曾经40天一个人影也见不着。

为了生存，为了克服那份难熬的寂寞，她和她的丈夫从10年前开始，不花国家一分钱，开始在漫漫黄沙中种树、种草、种庄稼。10年过去了，这里发生了天翻地覆的变化。

她家的四周，郁郁葱葱，一丛丛的杨柳装点着周围的山丘，一片片的绿色渲染着生命的美丽与灿烂。3万亩荒漠硬是变成了绿洲。每亩地也由原来只打十几公斤（一公斤为一千克）粮食增加到50公斤。

身为中国内蒙古沙尘暴治理研究促进会主席的陈寿朋代表感慨地说：肆虐的风沙在软弱的人面前是强硬的，但在坚强的人面前它却是软弱的。西部大开发一定要注意生态和环境保护，经济效益的取得再不能以牺牲生态为代价了。我们必须找寻新的发展思路。我们向草原要的首先是生态效益，然后才是经济效益。草原曾经是我国最大的天然生态屏障，今天我们不得不痛苦地修补、恢复这一屏障。

"约会无沙的春天"成了多少沙区人最大的心愿。

与治理草原、治理生态环境一样，新世纪的发展也面临着新的考验，不仅要在思想观念上与时俱进，还要在发展思路上开拓创新。发展是创造出来的，不是等出来的。用发展的办法解决前进中的问题已经成为推进建设有中国特色社会主义伟大事业的一条基本经验。

广西壮族自治区政府主席李兆焯代表说，中国加入世界贸易组织，国家经济面临着更加激烈的国际竞争，世界经济全球化趋势更加明显，科学技术突飞猛进，使当前发展面临了新情况，经济建设和社会发展都进入了新时期，需要新的开放与发展机遇。新一轮的大开放、大发展，呼唤新一轮的思想大解放。如果在思想解放、观念创新上不能有所突破，就难以在发展上有大作为，就可能在经济全球化的竞争中落伍。

因此，我们要坚持以"三个代表"重要思想为指导，自觉地把思想认识从那些不合时宜的观念、做法和体制中解放出来，自觉地树立起与时代发展潮流和新形势、新任务相适应的新观念，勇于探索，大胆创新，始终保持思想上的生机和活力，要以与时俱进的精神对待前进中的问题，努力形成负重奋进、争创一流的生动局面。

代表们指出，奋发有为最具时代特征的内涵就是开拓创新。面对国际局势的新变化和加入世贸组织的新考验，我们要开创今年工作的新局面，争取头一年开好局、起好步，必须在发展上有新思路，工作上有新举措。这要求我们在经济全球化的宏观背景下谋划一区一域的发展思路，在国际经贸的通行规则下运筹一区一域的经济工作，以创新的精神和改革的办法来推进我们的各项事业，找准切入点，抓好着力点，形成新亮点。

中国社会科学院社会学研究所在新近出版的《中国社会形势分析与预测》蓝皮书中这样认为：中共十六大的召开将具有重大的政治意义，经济社会发展的新目标将得到确立，执政党的创新将取得新的进展；经济发展也将保持一个比较快速的势头，为社会形势健康平稳格局的实现提供基础。报告同时指出，2002年的中国将以崭新的业绩载入史册。

历史：我们这样对你说

春江水暖，大地回春，征鼓催人。

在这春意浓浓之际，第九届人民代表大会第五次会议的历史使命即将完成。它又一次统一了思想，凝聚了人心；又一次倡导了关心民间疾苦、为人民谋幸福的理想。关心弱势群体，让社会底层的人们感受到党的阳光，这是社会主义的优越性所在。

正如代表们所说，新的发展即将揭开新的篇章。今秋，中国共产党第十六次全国代表大会将在北京召开。它将从组织、理论、体制等方面为中国未来的发展谋划更加宏伟的蓝图，新一轮大发展即将在中国大地展开。这是中国加入世界贸易组织后的新发展，是在全球竞争日益激烈形势下的新发展，是中国共产党与时俱进，提出"三个代表"重要思想后的新发展。

党的十六大是一个历史事件，更是一个象征。我们迎接十六大，实际上就是在迎接一个新的发展时期；我们期冀十六大，实际上就是在期冀一个更加美好的未来。与时俱进的中国共产党，将以新世纪第一次全国代表大会为新契机，开拓创新，乘势而上，开创改革开放和现代化建设的新局面，向着实现中华民族伟大复兴的宏伟目标继续奋进。

新的辉煌将在我们手中创造，新的希望将在我们手中实现。

伟大的事业需要伟大的激情，伟大的事业需要伟大的创造。江泽民总书记在参加上海代表团审议时指出，今年是我国发展历史上具有重要意义的一年，改革和发展的任务十分艰巨。我们要抓好机遇，用好机遇，保持奋发有为的精神状态。努力做到加快发展有新思路，深化改革有新举措，扩大开放有新局面。

这看似简单的"三新"话语中，却蕴藏着十分丰富的内涵，蕴藏着中国新一轮大发展的光芒。

还记得四年前，面对改革攻坚，朱总理履新时斩钉截铁的话语吗？四年过去了，代表们说，这一届政府赢得了人民的信赖。尽管我们的工作中还有这样那样的问题，尽管社会发展中困难还不少，难度还不小，但中国改革开放的大业在以江泽民同志为核心的党中央的坚强领导下，正扎扎实实地向前推进。

从成功地克服通货膨胀，实现中国经济的软着陆，到果断应对亚洲金融危机，保持人民币不贬值，展示负责任的大国风范；从实施积极的财政政策、稳健的货币政策，坚定地扩大内需，到沉着应对世界经济增速下降，实现中国经济"花好月圆"，创造中国特色的内需经济理论，谱就"中国经验"华美乐章……地球人都知道：中国在壮丽地成长！

…………

岁月悠悠。江山代有才人出，长江后浪推前浪。不久前，新一批年轻干部又肩负着党和人民的重托，带着创业者的豪情壮志，走上省区市领导岗位。

让我们听一听他们履新时对人民立下的铮铮誓言吧。

——不论身居何位，我都将始终把自己看作一介平民。要干事，要务实，公正廉明，多为老百姓办事，尽己所能地满足人民群众的要求。

——我将"恪尽职守，奋发有为，鞠躬尽瘁，不辱使命"。

这是人民的期盼，这是一个优秀共产党人对人民的承诺！有一支更加朝气蓬勃、大公无私、胸怀远大、心系民众、充满生机和活力的领导干部群体，中国怎么能不轻装上阵，怎么能不充满活力！

祝福你，我——的——祖——国！

美丽中国

2017 年 5 月中旬的北京，天高云淡，风和日丽，气象一新。14 日，"一带一路"国际合作高峰论坛在这里举行。130 多个国家和 70 多个国际组织的 1500 多名代表云集北京，其中包括 29 个外国元首或政府首脑，彰显了"一带一路"倡议的巨大吸引力。

诚可谓，一带一路，群贤毕至；一心一意，欣欣向荣。

习近平主席在大会主旨演讲中提出，以"和平合作、开放包容、互学互鉴、互利共赢"为核心的丝路精神，是人类文明的宝贵遗产。他希望把丝绸之路建设成为和平、繁荣、开放、创新、文明之路。的确，古代先人以巨大的勇气，完成了"凿空之旅"，开启了人类和平交往的历史篇章。鉴古知今，21 世纪，中国创造性地提出了"一带一路"的伟大倡议，既对接了历史，又拓展了境界，并且以政策、资金、设施、贸易、民心的互联互通为主线，着力解决现代文明中存在的发展不平衡问题，推进新的时代赢得新的发展机遇。

从 2013 年秋天，习近平主席分别在哈萨克斯坦和印度尼西亚提出"丝绸之路经济带"和"海上丝绸之路"的倡议以来，"一带一路"就在古老的丝绸之路各国的积极参与和共同努力下，取得了历史性的发展。跨欧亚货运班列穿行在亚欧大陆，促进了商品贸易。雅万高铁、匈塞高铁，瓜达尔港、比雷埃夫斯港，西哈努克经济特区等一大批基础设施项目促进了互联互通。全球能源互联网也在加速推进。

伴随"一带一路"的拓展，《习近平谈治国理政》一书多语种出版也在大力推进。第 21 个文种是乌兹别克文种。乌兹别克斯坦总统还为《习近平谈治国理政》乌文版撰写了前言。也是在今天，新华社就前言发布了通稿，《人民日报》《光明日报》《经济日报》等发表了前言全文。百万庄通讯社微信公众号为这个消息起了一个有意思的标题："乌兹别克斯坦总统给习近平主席送了一份大礼"。这是首个国家元首为《习近平谈治国理政》一书撰写前言，表达了对中国发展成就的赞叹，表达了对习近平本人才华与能力的赞叹，也表达了加强两国友好的良好愿望。

经过漫长的发展历程，人类社会形成了发展程度不一的社会现状。发达国家与发展中国家的差距在拉大，发展中国家和欠发达国家的差距也仍然没有缩小。西方七国集团沉迷于自己的既得利益，经常忽视其他国家和人民的福祉，引起广大发展中国家的不满。如何在新的时代背景下，如何在人类社会大变革大调整大发展的新条件下，实现世界各国的共同繁荣，扩大人类的幸福基数，是摆在当今人类面前的共同课题，也是负责任大国的历史担当。

正在致力于中华民族伟大复兴，努力实现中国梦的新一代中国人，不忘天下大同的初心，不忘达则兼济天下的壮志雄心，以"一带一路"为依托，开启共商、共建、共享的新发展之路，将中国的发展与世界友好人士共同分享。这是中国发展的新境界，也是人类发展的新天地，更是人类文明发展的新机遇。

克服人类自私自利的惰性，弘扬无私无畏的天下情怀，这是美丽中国的美好追求，这是伟大中国的魅力所在。

海不扬波和为贵，丝路花香美与共。

（2017 年 6 月 8 日于北京）

飞得更快更远更舒适 *

　　西雅图的秋天是绚烂美丽的。那生长在山林间、楼群空地里的树木，犹如一团团美丽的色彩，从树梢间、叶脉里喷发出来，火枫、黄叶、绿松等等竞相绽放，美不胜收。就在这美丽的城市间，一架架崭新的波音飞机从这里飞向世界各地，一架架古老的飞机在这里的航空博物馆静静地休憩。

　　一百年前的 12 月 17 日，莱特兄弟以勇敢的探索精神，在美国北卡罗莱那州基蒂霍克的空地上开始了人类历史上第一次有动力飞行，第一次虽然只飞了 12 秒共 36 米，甚为可怜，但它却揭开了人类航空飞行的历史。

　　在西雅图航空博物馆内，展出着一百年来各种具有重要纪念意义的飞机。刚刚宣布退役的协和机也静静地停放在空地上，宣示着一代英雄式飞机的终结。

　　波音公司民机集团的总部坐落在西雅图城市的一隅。而它的飞机生产工厂、研发机构等则散落于城市的四面八方。全世界运行的飞机中有 60% 多就是在这里完成生产制造的。一百年来，飞机，这一集人类高科技、大智慧、新工艺于一

_____

　　* 本文原载 2003 年 11 月 28 日《光明日报》，文中数字、机构名称以及人物职务和职称等信息均以当日信息为准。

身的飞行工具，为推动人类交流、促进世界发展做出了重要而积极的贡献。

飞机设计理念每 10 年更新一次

11 月 17 日，一个普通的西雅图之晨，在波音公司一间普通的平房内，被誉为航空界"白马王子"的波音 7E7 飞机内饰终于首次向外界露出了它的芳容。

7E7 飞机是波音公司新世纪推出的第一款新式飞机，它改变了传统的以金属铝为主要材料而制作飞机的历史，改用碳纤维复合新材料，使飞机重量更轻、压强更小，使技术人员能通过技术手段让更多的新鲜空气进入客舱，将客舱中的空气湿度提高到 20% 至 25%，让人在飞行途中不再感到干燥，从而更加舒适地享受旅程。由于飞机重量轻了，而且改用更轻的双发发动机，新一代 7E7 飞机能飞得更远，从而提升点对点飞行的速度，减轻旅客长途飞行之累，飞机的燃油效率也因此提高 20% 左右。

这是一种全新的飞机，新材料技术、信息技术、电子技术等人类最新的科技成果在它的身上集中体现，同时能根据人体力学等诸多指标重新调整的客舱内饰，令人备感舒适。

走进灯光自动调节的客舱，眼前豁然开朗。大拱门增加了飞机内部的高度，斜坡式的行李舱扩大了头部上方的空间，舷窗扩大了近一倍，使人在空中的视野更为开阔；座椅改为削肩式，使座椅的间隔增大，后座旅客的视线开阔；飞机的卫生间也更为宽大、方便，坐轮椅的乘客可以更方便地进出其间。

波音公司7E7项目部负责人约翰·费文介绍说，民用飞机设计理念每10年就要更新一次，他们努力将人类最新的材料技术、动力技术、计算机信息技术理念等引入飞机设计，以提高飞行期间的舒适度。

随着现有飞机的升级换代、航空市场的进一步发展，人类出行频率和里程将继续增加，对飞机的需求量也会相应增加。根据市场预测，未来20至30年内，全球将需要二三千架7E7飞机投入运行。

为开发这一款新飞机，波音公司投入了100亿美元左右的巨资，先后有1000多名工程技术人员参与设计工作，日后还将有3000多名工程技术人员继续参与开发。全球40多家航空公司参与了设计开发，将全球旅客的意见带进新型飞机的设计中。目前，这一飞机已经进入最后的定型申请生产阶段，预计首架飞机将在2008年投入商业运行。

让大学生参与飞机设计

飞机设计是一个科学与艺术高度结合的产物，波音公司将设计源头放在理念的创新上。他们在西雅图专门成立了一个理念创新中心，主攻飞机的客舱设计。其目标只有一个：最大限度地提高空中旅行的舒适度。

在这个不太大的建筑内，有许多工程师在工作。该中心的工作方针中很重要的一条是："鼓励野性思维"。在这里，工程技术人员展开想象的翅膀，自由地进行设计，只要他们有了成形的想法，就可以动手制作。因此，这里有各种锯子、钳子、木材等，中心更像一个工厂的制作车间。

"有什么样的新技术、新理念可以用在飞机设计上？"这是理念设计人员思考的中心问题。他们从虚拟一个人在未来如何进机场、上飞机进行空中旅行入手，从空间的湿度、温度、高度、声响等诸多角度进行研究。

这是一个全新的创新设计中心，2000年刚刚成立，目前已获得2项专利，同时还有近20项专利项目正在申请。

为了使创新中心真正达到领先世界的目标，他们除与许多国家的航空公司合作，采纳乘客的意见外，还积极与美国的大学、研究机构和相关公司进行合作，在大学生中进行设计比赛。他们认为，大学时期是人的一生思维最为活跃的时期，大学校园是创新智慧、理念最为集中的地方，大学生的设计思维是超前的、不受束缚的，因而也是最珍贵的。在大学生们中创新理念层出不穷，这是推进人类创新的重要源头。

虽然，该中心的成果还没有真正投入商用，但它的最新设计成果还是让我们开了一回眼界：增大后的飞机舷窗两层玻璃间装上了电控窗帘，乘务人员可以控制窗帘的升降，省去了乘客开闭窗帘的不统一。自动调节的灯光可以变化出各种梦一般的意境，宝石蓝、玫瑰红、月亮白……增加了客舱中的典雅、浪漫与温馨。卫生间里增加了雾气淋浴房，让空中旅行更具家庭生活色彩。内嵌式的卧铺设计，为超远程飞行需要休息的旅客创造了个人的空间……创新，正在推动着飞机的设计，推动着人类飞行的发展。

中国推动世界航空业的发展

在波音公司硕大的飞机组装车间，一架架崭新的飞机正在流水线式的移动生产线上进行最后的组装。从737、747、757、767到777，全系列的飞机一点点地变为巨大的飞行器。飞机零部件在世界各地生产，中国的西安、成都、沈阳、上海等飞机制造工厂生产了波音多款飞机的尾段、水平翼、垂直翼、机舱门等，目前波音的3300多架飞机上装有中国生产的零部件。所有的零部件由水路、空路运至西雅图，再由火车、汽车运至组装车间。飞机组装先从机身结构完善做起，接着装电路、机翼、内饰、厨房，然后进行密封、安装发动机、驾驶舱等推进系统，最后进行性能测试、试飞。为此，工厂外面有一个波音公司自己的飞机场。一架飞机平均组装时间目前为14天左右，未来计划缩短至8天左右。

在从707到777飞机的研发过程中，波音公司主要是与美国的航空公司合作的。但美国航空业近年来一直不景气，特别是遭受"9·11"的重创之后，许多航空公司债务累累，眼下无力进行项目投资。而且从发展趋势上看，美国航空公司在全球航空市场中的份额将缩小，其他地区市场份额正在增长。

波音公司认为，单纯依靠美国航空公司不是一个明智的选择。为了保持波音飞机制造的发展速度，他们及时调整了生产战略，将合作目光投放到美国以外，将亚洲等新兴市场的发展力量引入飞机制造，开始了"走出美国"的新的发展历程。

中国是世界航空市场上发展最为迅速的市场之一。随着中国经济社会的发展，市场的扩大与技术的进步，中国的发展潜力巨大。因此，波音公司反复强调，希望更多的中国公司能参与波音新型飞机的研发，未来的波音 7E7 飞机中的一些零部件也希望有中国公司参与生产。

波音公司发展战略负责人史达尔·戴婉娜女士介绍说，自从波音公司 1972 年与中国合作以来，双方的业务交流发展迅速。近 10 年来，波音公司为中国培训了 2.3 万名民航专业人士，包括飞行员、维修人员以及民航高级管理人员。中国在波音飞机制造中的比重也在逐步上升。一个月前，波音公司在北京召开了 7E7 结构供应商大会，与中国航空工业界进行了初步接洽。

戴婉娜说：不久前，中国成功地进行了首次载人航天飞行，这是一件令人激动的事件。我们为之庆贺！再过几天，人类就要庆祝飞行百年，世界航空业已经做好准备，迎接第二个世纪。在这新的百年中，国家间的联系将更为紧密，波音与中国的合作也会进一步加强。相信未来的百年，飞行方式将更为多彩，飞机也将更为多样、更加舒适。航空工业将继续推动人类的发展。

一百年造就民航大业 *

一百年前，美国的莱特兄弟实现了人类历史上第一次飞行，从此，一项高科技、高投入的产业——飞机制造业以及由此衍生的世界民航业的大门便应运而开了。

一百年来，世界民航业从小到大，不断发展。到目前为止，已经形成了以波音公司和空客公司为主的世界民航制造业格局，在此基础上形成了两大技术体系。人类翱翔蓝天的梦想也在短短百年内迅速实现，并开始了登月、探索火星等探索外层空间的壮举。

正在巴黎举行的航展为人类纪念百年飞行史提供了一个难得的历史机遇。不仅波音、空客两大飞机制造商参加了展览，意大利、土耳其、巴西等38个国家和地区的航空航天企业也纷纷亮相，其中十多个国家的参展规模比以往有所扩大。中国的航空制造企业也组队参加了这次航空展，并展示了自己的发展趋势。

---

* 本文原载 2003 年 6 月 20 日《光明日报》，文中数字、人物职务和职称以及机构名称等信息均以当日信息为准。

波音空客决战巴黎航展

关于世界民用飞机的发展方向，波音公司和空客公司存在着截然相反的观点。波音公司认为，随着世界经济社会的发展和人民生活水平的提高，世界民航业将更侧重于点到点的运输方式，因此，更需要经济、适用、效率更高的中小型飞机。于是，波音公司为新世纪设计了7E7飞机，基本座位是200到250座，能提高20%的效率。

空中客车公司则认为，经济全球化、科技的迅猛发展使人们更需要扩大交流规模，增加交流机会，因此，新的世纪更需要舒适、享受、大型的超级飞机，以一次运送更多的乘客为追求。因此，基本座位在550座的A380飞机便成为空客公司献给新世纪的礼物。

波音求"小"，空客求"大"，这一大一小便成为新世纪世界民航业发展的两大基本诉求。波音7E7飞机将在2008年投放市场，而空客A380飞机将在2006年开始投放。眼下，正是新飞机争取客户的关键时期，两大公司都把目光投向了巴黎，"决战巴黎"成为本次航展最大的看点。

飞机设计制造取决于飞机的销售，再好的设计没有买主也是白搭，因此，市场决定着飞机制造业的未来。有消息说，空中客车A380每架售价是2.6亿美元，空客花了120亿美元研制这种飞机，它将超过420座的波音747成为最大的客机。空客宣称A380客机在运营上要比波音747节省15%的成本。而波音公司推出的新型客机波音7E7（"E"是英文efficiency的缩写，指效率）是1995年777升空后，该公司推出的首个新机型，它可连续飞行9200英里（约合

14806公里），与747差不多，但在效率上比现在任何机型都至少提高20%。

据了解，波音、空客两大公司今年的销售目标分别是：空客300架，波音280架。能否完成各自的目标在很大程度上就要看巴黎航展了，所以，这个航展也就成了这两家公司的决胜之场。

中国首次展出客机样品

改革开放以来，中国航空制造业发展迅猛。有关方面已经宣布，中国计划在2020年成为航空和空间大国。这一目标将通过国内的自行研发和国际合作实现。

在本次第45届巴黎航展上，中国航空业亮出了自己的方阵：中国第一航空工业总公司、中国第二航空工业总公司、中国航天科技总公司、中国航天和工业总公司。四个政府企业代表团独立展出自己的产品，这也是中国主要的航空工业集团首次直接在航展中亮相，并向世界宣布：中国将为地区商业航空建造自己的飞机。

作为展览中的一个看点，中国首次在航展上展示了自己开发的民用支线客机。中航商用飞机有限公司总经理汤小平介绍，这款命名为ARJ21-700型的喷气客机于2001年开始研发，今年年底将冻结设计，开工生产，并宣布启动订户，计划在2006年上天，次年可交付订户。他说，这是中国真正完全拥有知识产权的民用客机，主要是依靠中国上海的技术力量整合开发的，尽管该机也使用了国外一些著名飞机制造公司供应商提供的零部件。该机型有客座70至90个。

ARJ21–700型客机首先是针对中国市场，特别是中国西部地区的需要而开发的，特别适合在海拔高、温差大的地区全载起飞。在中国西部这样地形复杂的地方能使用，在世界的其他地区更有用武之地，包括南美、非洲和东南亚市场。

百年历程，百年探索。为纪念人类首次飞行100周年，巴黎航展期间，组织者特地展示了13架老式飞机。刚刚退役的协和客机也在进入博物馆之前最后一次与公众见面，唱响了一代"音速飞机"的英雄挽歌。

世界航空业发展至今日，用了一百年，但中国航空工业的崛起肯定用不了这么长的时间！君不见，继巴黎航展、英国范堡罗航展、新加坡航展三大航展之后，中国珠海航展也在迅速成长，中国航空制造业正在以自己的方式续写着世界航空工业明天的新篇章。

成就辉煌的中国经济 *

百年中国经济，以新中国成立为转折点，经历了由衰微到强盛的巨变。

据国家统计局新闻发言人叶震介绍，经过改革开放20年的快速发展，目前我国国内生产总值已达8万多亿元人民币，居世界第7位。钢、煤、化肥、水泥、电视机、谷类、水果、肉类、棉花等工农业产品产量居世界首位。昔日积贫积弱的中国已跻身世界经济大国的行列。

经济发展带来的变化，每位中国人都有切身的体会。

"现代垃圾"的故事

几天前，记者遇到一件稀罕事：一位在小区捡垃圾的大妈腰上居然挂着手机，虽然有些旧，也着实让人吃惊。见记者一脸惊讶，大妈笑着说："垃圾堆里刚捡的，不能使，带着玩玩。'现代垃圾'什么都有！"

改革开放初期，听说在外国垃圾堆里能捡到旧电视、旧冰箱，许多人都半信半疑。那时，我国商品市场处于严重供

---

* 本文原载2000年12月18日《光明日报》，合作者张翼，文中数字、机构名称以及人物的职务和职称均以当日信息为准。

229

不应求阶段，一般消费品尚不能充足供应，家电等高档耐用消费品不但价格昂贵，还要凭证找关系才能买到，将那些宝贝扔到垃圾堆里简直无法想象。

如今再看看街头收废品的，牌子上往往只有几项大的内容——彩电、冰箱、洗衣机，摆出其他免谈的架势。一般家庭里的电器用不了几年就换新款的，街头的收购者花不了几个钱就能买下，哪儿还有心思收购破玻璃、废铜烂铁等"传统垃圾"。大城市里乔迁新居的人往往为扔不掉大件旧杂物犯愁呢。

叶震告诉记者，1980年到1999年，我国国内生产总值平均每年增长9.8%，远高于全球经济的发展速度。改革开放的经济政策使中国社会在短短的20年间释放出巨大的活力，综合国力大幅度增强，人民生活水平显著提高，社会商品供应丰富，大多数产品已出现买方市场。

1999年城镇居民人均可支配收入5854元，是1980年的478元的12倍；农村人均纯收入1999年达到2210元，比1980年的191元增长了10.6倍。

从明年起，国家统计局的居民消费价格指数计算方法将做重大修改。汽车、电脑、移动电话等大宗高档商品纳入消费价格指数统计范围。

经济学家分析说，这一修改反映出我国居民的消费形态发生了结构性变化，广大老百姓的生活已开始步入小康。

黄土地上的奇迹

北京人的餐桌曾经"四季分明"，到了冬天更是单调得让人感到乏味。说起"吃好",过去中国人的想法非常一致:大米白面、鸡鸭鱼肉。如今,四方菜四时蔬每天都能在饭桌上出现,精明的主妇也经常碰到自己叫不出名字的蔬菜水果,对"吃好"更有了多种多样的答案。

这一切都建立在农业快速发展的坚实基础上。

著名经济史学家、中国经济史学会会长吴承明今年已83岁高龄,他目睹过旧中国农民的凄惨生活场景。他说,历史上中国农民一直饱受剥削,一遇灾年就有许多人冻饿而死,农村问题一直是中国经济的大事。

新中国成立后,我国的粮食生产有过坎坷。1978年12月,党的十一届三中全会召开,中国经济发展出现了划时代的转变。随后,一种新的土地使用制度——家庭联产承包责任制在中国广袤的农村大地应运而生,它极大地解放了农村生产力,使我国农业实现了跨越式发展。

粮食等大宗农产品的产量有了惊人的飞跃。1996年,我国突破了粮食年产5000亿公斤大关,成为世界上最大的粮食生产国。目前,我国粮、棉、油的人均占有量分别达到400公斤、3.6公斤和18.6公斤,粮食的人均占有量比新中国成立初期提高了100多公斤。与此相伴随,普通居民的菜篮子日益丰盈,肉、蛋、水产品的产量跃居世界第一,人均占有量已超过世界平均水平。1998年,中国政府宣布,主要农产品已经告别长期短缺,进入供求基本平衡、丰年有余的新阶段。困扰中国千百年的吃饭问题终于得到解决。中国人创造了用占世界7%的耕地养活全世界22%人口的奇迹!

地图上的今昔

71 岁的陈潮老人是中国地图出版社的资深专家，他说，地图是历史的见证。我国第一张现代意义的地图出版于 1903 年，从地图上可以看出，百年前中国的经济非常薄弱，铁路、公路、工厂、矿山少得可怜。

1949 年的地图显示，全国有 89 个城市，2.1 万千米的铁路线，8 万千米的公路，且多集中在东部。西部的大片土地十分寂寥。

经过 50 年社会主义建设，特别是近 20 年的飞速发展，国家财力明显增强，城市化步伐大大加快，能源、交通、通信等基础设施投资力度明显加大：一个个大型能源基地在各地崛起；一条条铁路穿越筑路禁区；一条条高速公路迅速延伸；一条条空中的信息通途将中国与世界联通。

在最新出版的《中华人民共和国全图》上，繁荣兴旺的经济化作丰富多彩的图样，向人们展示着中国经济的崭新面貌——公路铁路四通八达；城乡坐落东西南北；几千家国有大型企业分布各地。

目前，我国已经设立了 660 多个建制城市，修建了 6.7 万多千米铁路，140 万千米公路，全国装机容量在百万千瓦级的大型电站有 80 多个……经济发展的速度超出人们的想象，以至于地图虽不断更新却仍跟不上现实的变化，北京的交通生活图两三个月出一版还是显得"陈旧"。

主动融入世界经济

20 年前，深圳还是一个小渔村，在改革开放的总设计师邓小平同志的倡议下，1980年成立深圳经济特区。作为对外开放的窗口，深圳创造了国内生产总值年均增长31.2%的奇迹，仅用十几年就走完了一般城市上百年的历程。

深圳的成功增强了我国对外开放的信心和雄心。从创办经济特区到开放沿海、沿江和内陆地区，20年间，中国形成了全方位、多层次、宽领域的对外开放格局。中国加入世界贸易组织的进程取得了突破性进展，中国经济已成为世界经济中不可缺少的重要组成部分。以江泽民同志为核心的党中央，审时度势，提出"走出去"战略，勾画出对外开放新的蓝图。

经济史学家、中国社会科学院现代经济史研究室主任董志凯指出，自改革开放以来，中国经济最引人注目的变化不仅仅是总量经济的持续高速增长，更具长远影响的是经济结构的优化和进步。中国经济结构能够成功跳出传统的模式，外向发展的牵导极其重要。

作为经济开放度重要标志的对外贸易总额和外汇储备，今年将分别达到4700多亿美元和1600多亿美元。在世界对外贸易排名中，中国已由1978年的第32位上升到目前的第9位，利用外资总额达到5000多亿美元，位居发展中国家之首，世界第二。

经济学家认为，经济全球化是大势所趋，中国经济外向度的增强也是不争的事实。21世纪，中国经济将更加积极主动地融入世界。

"九州夜话"温馨九州 *

当你思念家乡的亲人时，当你牵挂远方的朋友时，每天深夜零点至清晨七点，你拿起电话，可以享受三折的优惠服务。这是今年 7 月 1 日起，我国电信部门推出的一项旨在方便消费者的"国内午夜长话优惠项目"，电信界人士给它起了一个温馨的名字——"九州夜话"。这个项目一推出，就引起了消费者的极大兴趣。

据中国邮电电信总局最新调查，随着"九州夜话"的推出，一个新的通话高峰正在出现。电信部门随机抽查了 6 月与 7 月两个月可比周期的话务量，发现 7 月份 6 时至 7 时话务量比上月同期增长 54%。与此同时，0 时至 1 时的话务量也比上月同期增长 25%。这是市场对电信资费改革的积极反响。

近几年来，我国电信事业飞速发展，基础设施建设取得了长足进步。全国公用电话网总容量突破了一亿门大关，全国电话普及率也在迅速增长。截至 6 月底，全国电话普及率达到 9.55%，其中，城市电话普及率则为 27.51%。全国城市电话用户 5805.6 万，其中，住宅电话用户 4534.8 万，住

＊本文原载 1998 年 9 月 19 日《光明日报》，文中数字、机构名称等信息均以当日信息为准。

宅电话占城市电话的比例达到 78.1%。与此同时，乡村电话也在迅速发展。乡村电话用户达到 2178.4 万，其中住宅电话用户为 1812.5 万，所占比例达到 83.2%。综合平均计算，全国住宅用户电话占电话总数的比例达到 79.5%。这再一次说明，改革开放为我国城乡人民生活特别是农村人民生活的改善创造了条件，它也从一个侧面反映了信息时代对我国人民生活的影响。

随着城乡电话的增加，电话在人们交往中的作用越来越大。白天人们公务繁忙，形成通话的第一个高峰，即从早晨 8 时至下午 5 时，电信界称之为"公务通话高峰"。而私人通话时间则往往集中在晚间。为给人们打电话提供更多的优惠，几年前，电信部门推出了从 21 时到次日清晨 7 时以及国家法定节假日、休息日 0 时至 24 时，国内长途电话通话半价优惠服务，很快形成了 21 时至 24 时的第二个通话高峰——私人通话高峰。

但这又形成了一个忙疏对比明显的状态，导致话路使用不太合理，话务量过于集中。能不能再利用价格杠杆形成一个新的通话高峰，既能合理转移话务量，又能启动新的市场？电信管理部门从去年开始思考这一问题。

从居民生活水平分析，我国城乡居民收入有了很大提高，但还远没有达到能自如地打电话，想打多长时间就打多长时间的地步。因此，针对住宅用户电话进行价格引导，鼓励消费者在运用电话的同时，再形成一个新的通话高峰，就成为新的选择。为试验设想的效果，中国邮电电信总局选择湖南、四川等地进行了午夜长话大幅度优惠试点，结果反响良好。

今年7月1日，电信部门正式推出了夜间长话三折优惠，同时，原来晚9时至12时以及国家法定节假日、休息日国内长途电话通话半价优惠服务不变。他们算了这样一笔账：从北京到我国最北端的漠河，原来基本通话费是一分钟一元钱，调价后降为一分钟0.33元，即使你打一个小时电话，也不过20多元钱。价格不可谓不低廉了。

拿6月30日与7月1日夜间话务量相比较，电信部门发现，推出三折优惠的当天，话务量比前一天增长了14%；7月第一个星期的夜间话务量则增长了20%。

从这项业务推出两个月来的总体情况看，消费者已经接受了这一特殊的通话时刻，人们正在利用电信部门提供的有利条件，加强交流。深夜，一个强大的信息流正在加速形成。

知识之光照耀高铁 *
——一个不应被忽视的话题

仿佛在一夜间，中国的大地上，穿梭起了最高时速 300 千米以上的高速铁路，中国人的高铁之盼从梦想化作了现实。

2008 年 8 月 1 日，北京至天津城际高铁开始运行；2009 年 12 月 26 日，武汉至广州高速铁路开通；2010 年 2 月 6 日，郑州至西安高速铁路正式运营……

与此同时，京沪、京沈、成渝等一批高铁及快速客运专线还在加紧施工。一个世界领先、规模超群的高铁运营网正在加速构建。这些高速铁路以及被赋予浓烈时代色彩的"和谐号"动车组高速列车的横空出世，迅速更新了城乡间的时空概念，四小时城乡经济辐射带加速形成，将神州大地带入了一个崭新的时代。

中国铁路依附于西方技术、没有核心竞争力的耻辱历史从此得以洗刷，中国铁路人终于扬眉大吐气了。

这巨大的、无与伦比的变化是如何在新世纪伊始短短岁月里实现的？既清晰而又模糊。清晰的是党和政府的重视、

＊本文原载 2010 年 4 月 9 日《光明日报》，文中数字等信息均以当日信息为准。

关心、关怀，社会各界的支持、配合、帮助……制度的优势、创新的力量，所有成功必须具备的社会物质条件，都是不可或缺的。技术线路也很明晰：引进、消化、吸收、再创新，走了一条集成创新的线路。但是，从科学的唯物主义的角度说，外因是变化的条件，内因才是起决定作用的要素。对这一点，人们的认识似乎还不那么明晰。

是什么力量，让中国铁路从既有的模式向新型模式跨越？是什么因素，让中国高速铁路的梦想化为现实？铁路是一个舶来品。据史料记载，1881 年 2 月 14 日，清朝还发布皇上告示，明说"铁路断不宜开"。但中国先进的知识分子有感于时世，勇敢地向西方学习修筑铁路技术；中国的劳工跨洋过海，为美国铁路的修建付出了巨大的辛劳。唐廷枢、詹天佑等仁人志士揭开了中国人的铁路梦想。就在清廷发布告示短短 9 个月之后，中国人自建的第一条铁路——唐山至胥各庄十千米的运煤铁路宣告建成。

近百年来，中国的铁路技术也一直是在向西方学习中不断发展壮大的。改革开放之初，小平同志在日本乘坐新干线列车，为那像风一样快的列车所感动。20 世纪 90 年代，广深铁路首次从欧洲引进了摆式列车。世纪之交，中国铁路人不甘寂寞，开始发奋图强，以中华、先锋等动车组的研制为发端，开启了中华民族高速铁路的伟大梦想。

20 世纪 80 年代，距中国人自己修建铁路已有百年，中国铁路人为国人平均一根香烟长短的铁路而汗颜，为铁路成了制约国民经济发展的"瓶颈"而愧悔。于是，中国铁军怒发冲冠，拍案而起，以"大会战"揭开了大发展的序幕。于是，中华大地八面开花，京九、南昆、内昆、南疆北疆、兰新等一条条长大干线相继开工，迅速扩张了中国铁路网。也许应了那句俗话：量变引起质变。铁路营业里程的增加、路网的丰富，使人们对铁路速度的追求逐渐成为现实。

又是优秀的中国铁路知识分子勇敢地担当起时代的重托，顺天应时，以海纳百川的阔大胸怀、以雄视天下的开放精神、以务实勤劳的工作态度，在极短的时间里，走出去，请进来，向世界先进文明学习，向先进的铁路制造技术学习。从铁路到航空，从电子到信息，在一种神奇力量的感召下，中国优秀知识分子默默地、义无反顾地投入到一场集成创新的科学攻关中。他们进行了一场"产、学、研、用"多位一体的立体攻关，从精神到物质，快速融会贯通中国国情、世界技术、国人梦想……在知识集成与心智志气"核聚变"式的集中爆发中，中国逐渐掌握了主动权，掌握了话语权，实现了大跨越。这是经济全球化时代后发优势"集中变现"的生动实践，这是技术市场化背景下协同攻关、集体智慧"开花结果"的有机体现，这更是知识经济成效的集中展现。

时代越是进步，中国越是发展，越需要先进知识及其体系的支持。

人们说，这是一个知识经济的时代，知识不仅是力量，还是创造经济奇迹的直接动力。从中国铁路近五年的发展来看，斯言不虚。对于世界铁路发展历史来说，21世纪初的中国铁路发展为世界铁路赢得了生机，赢得了活力。这期间，科技之功功不可没，知识之功功不可没，中国知识分子之功功不可没。

从 1881 年中国人自己修建的第一条铁路开始，中国铁路人、中国铁路知识分子为了中国铁路的光荣与梦想，追求了 100 多年。百年期盼，梦想成真。从世界最高的高原铁路——青藏铁路的修建到大规模高速铁路的研制，从创造世界运输密度奇迹到创写铁路高速运营伟业，中国知识分子在党和政府的组织下，紧紧依靠筑路工人，以国家为重，以民族为重，以苍生为重，同呼吸共命运，在科学发展中拿下了无数个世界第一，创造了史诗般的业绩，改写了世界铁路历史，书写了可歌可泣的时代华章。

四通八达筑大路 [*]

9月15日，在晴空下，在欢庆的锣鼓声中，北京至沈阳高速公路全线建成通车，进出东北的高速通道随之迅速打开。

在回顾第九个五年计划交通建设的历程时，交通部部长黄镇东说："'九五'时期是我国交通事业投资最多、发展最快的五年。特别是1998年以来，国家采取了积极的财政政策，连续三年对公路建设的投资超过2100亿元。预计'九五'期间公路建设投资将完成8900亿元，为'八五'时期的5.5倍，是'九五'原投资计划的3倍，这使我国公路建设突飞猛进。到今年年底，全国公路通车里程可望由五年前的115.7万千米增加到140多万千米，高速公路通车里程由五年前的2141千米增加到1.5万千米。全国公路网密度将达到14.6千米/百平方千米，比1995年增加2.5千米/百平方千米，实现了跨越式的发展。"

有人形象地把高速公路比喻成鲜艳的红飘带，在神州大地串起了一个个经济带，引领经济进入新的境界。

沈阳市市长在接受记者采访时说，我们从高速公路建设

---

*本文原载2000年9月20日《光明日报》，文中数字、机构名称以及人物职务和职称等均以当日信息为准。

中看到了我国交通事业的进步，也看到了我国国力的增长。四通八达的交通运输网络将为新世纪的中国经济腾飞架起一道道彩桥……

要想富，先修路！这是改革开放中，人民群众对交通运输业对经济发展拉动力的生动总结。面对亚洲金融危机的冲击，党中央从大局出发，加快基础设施建设，以筑路带动钢铁、水泥、建材、石化等相关行业的发展。

铁路，这一有着"国民经济先行官"美誉的现代交通设施，被摆到了重要的地位。铁道部部长傅志寰介绍说，"九五"期间，是改革开放以来铁路增加营业里程最多的五年，一大批路网骨干性项目开工建设，有的已经投产。铁路建设者盼望了许多年的西南、西北重大通道开工建设，也圆了一些老区、贫困山区人民的铁路之梦。随着京九线、南昆线、南疆线、邯济线、宝成复线、新菏复线、西康线、朔黄线神池至肃宁段、株六复线（部分）等一批对国民经济发展具有重要意义的铁路建设项目相继铺通或投产，西南铁路通达能力有所扩大，主要干线能力进一步配套完善，大通道能力有所增强，铁路运输对制约国民经济发展的交通"瓶颈"有一定的缓解作用。

来自国家计委的最新统计资料表明："九五"时期，铁路建设基本完成了预定目标。预计"九五"时期铁路行业可完成基建投资2450亿元，较"八五"时期完成投资规模增加近一倍。至2000年年末，全国铁路总营业里程将达到6.8万千米，比"八五"期末增加0.6万千米，是改革开放以来新增营业里程最多的五年。其中复线里程达到2.16万千米，电气化里程达到1.5万千米，分别比"八五"期末增加0.47

万千米和 0.53 万千米。

对于普通老百姓来说，铁路的发展不只是建设方面，乘车环境的改善才是更为直接的变化。"九五"期间，铁路部门以实施"提速战略"为动力，紧紧依靠科学技术，在大力提高列车运行速度的同时，努力提高服务质量，特别是开发了以"夕发朝至""城际列车""假日列车""旅游列车"为代表的一大批列车新品，为老百姓的出行带来了极大的方便。不久，中国铁路将以西部铁路为重点，实施第三次大规模的提速计划。新疆乌鲁木齐至北京的特快列车运行时间将由目前的 60 多小时缩短至 48 小时以内。中国列车将以崭新的时速驶入新的世纪……

这是一个追赶速度的时代，而以速度见长的民航业在"九五"期间上演了一幕幕精彩的速度战。民航业以高于国民经济发展的速度快速发展。预计 2000 年，全行业将完成航空运输总周转量 116 亿吨千米，旅客运输量 6400 万人，货邮运输量 195 万吨，分别比 1995 年增长 63%、24% 和 93%，五年平均增长 10.2%、4.6% 和 14%。通航 135 个城市，国际航线 130 条，比 1995 年增加 45 条。运输机队达到 510 架，比 1995 年增加 270 架。提供总座位数 89400 个。

目前，全国已经基本形成了以北京、上海、广州为大型枢纽，省会和主要开放及旅游城市为干线，干线与支线相互配合的机场格局。以上海虹桥机场、首都国际机场为代表的新一代国际机场的运营，为新世纪中国的腾飞铺设了新的跑道……

路，越"辩"越宽 *

20年来，我国交通运输业的发展，始终伴随着大讨论、辩论甚至争论，走过了解放思想、实事求是的历程，并由此走上了一条快速发展之路。

一

20年前，中国没有一米高速公路，没有一家地方航空公司，没有一节快速列车。北京市内只有东四一个民航售票处，买票还要单位介绍信、户口本等一系列证件。出趟远门，对普通的中国百姓来说，简直是件了不起的事。1978年，全国民用运输机只有80架，全年仅有231万人次坐飞机，汽车保有量也才只有120万辆，比1997年北京的保有量还少10多万辆……

因运力不足，山西的煤炭大量积压发生自燃；华东、华中一带工厂因运输紧张停工停料；四川、广西、福建等地的水果不能外运，就地腐烂……

中国太落后了！落后到还有许多地区不通汽车，更不要

---

*本文原载1999年1月19日《光明日报》，文中数字、机构名称以及人物职务和职称等信息均以当日信息为准。

说通火车了。落后的中国要发展起来，就必须加速发展交通运输事业。经济要上去，交通要先行。

20世纪80年代开始，国家调整交通发展政策：公路实行国营、集体、个人一起上的方针，有路大家行车，有水大家行船；铁路执行基本建设附加费的政策；民航采用鼓励地方参与发展的政策，以"要想富，先修路；大路大富，高速公路快富"为标志，中国的交通运输业进入了快速发展时期。

1993年，全国实现了除西藏墨脱外，县县常年通汽车的目标。

1995年4月28日，世界最高的机场——西藏邦达机场，迎来波音757客机。

1991年年底，火车通到革命圣地延安，父老乡亲们敲锣打鼓迎接钢铁大道；1997年1月21日，火车挺进大别山，穿过井冈山，京九铁路在神州大地激发起一种大发展的豪情；1997年12月1日，火车爬上云贵高原，南昆铁路圆了大西南人民的百年梦想……

20年的中国交通事业就在这种高昂的旋律中挺进，九州大地，被这种开放开发的力量深深地激励着……

与建设同样激动人心的是，改革也在大踏步地推进。铁路工作者乘胜前进，向传统的路基、路轨、道岔挑战，向高速度挑战。1997年4月1日、1998年10月1日，连续两次调整列车运行图，提高列车运行速度，增加夕发朝至、货运班车等新列车品种，京沪、京哈、京广三大干线列车最高运行时速达到160千米，广深高速列车最高时速突破200千米，揭开了中国铁路发展的新篇章。直通北京的列车已经到达地市一级，开放的热点地区——温州，1998年10月1日也有了直达首都的快速列车。1998年10月1日，全国铁路客运量暴增，日发送量突破330万人次大关，超过了春运。

中国民航加快改革，加强与国际民航组织的合作。通过国际通行的租赁模式，波音747、757、767、777，空中客车A300、A320等大型客机纷纷进入中国，中国民航机队迅速扩大，实力大为增强。中国民航国际航线已经从1978年的12条发展到1997年的109条，通航31个国家和地区的57个城市。

改革与发展，拓宽了中国的时空，延伸了中国的脉络。曾经困扰中国经济与社会发展的"行路难"基本得到缓解。今天，无论你去往中国何地，都能够及时成行，而且，你可以选择经济、舒适的出行方式。

二

20年交通运输业的发展非比寻常。交通运输业的发展过程，也就是解放思想、实事求是的历程。大发展始终伴随着大讨论、辩论甚至争论：中国铁路何时走出瓶颈？中国要不要发展高速公路？铁路要不要提速？要不要发展地方航空公司乃至要不要兴建大型机场、深水泊位？正是在对这些问题的突破中，中国的交通运输业找到了新时期的发展方向，走上了一条快速发展之路。

让我们来回顾一段中国高速公路发展的历程。

在中国这样一个发展中国家，要不要发展高速公路并不那么简单。它是在激烈的争论中开始的。早在20世纪70年代，我国就开始讨论修建高速公路的可行性问题。但由于认识存在分歧，高速公路建设从酝酿到实施，经过了15个年头。有人认为建高速公路是超前高消费，车辆那么少，哪有必要发展高速公路。

直到1989年7月，在辽宁召开的高等级公路建设现场会上，时任国务委员的邹家华才为这场争论作结："高速公路不是要不要发展的问题，而是必须要发展。"

我国大陆第一条高速公路沪嘉高速公路建成时，江泽民同志亲自为通车剪彩，给中国的高速公路事业以巨大的支持。

高速公路这条现代经济的红飘带从此在神州大地上越来越长，越来越鲜亮。到目前为止，全国已有高速公路20多条，总里程达到4770多千米，并开始向网络化、区域化方向突进。

三

提速能缩短列车运行时间，适应现代社会的快节奏。到1995年年初，全国铁路平均运行时速才50多千米，最高运行时速才100多千米。这与现代社会的需求显然是不相适应的。正是这种种不适应，使中国铁路在交通运输方式中的比重逐步降低。

正如铁道部专家所说，铁路的提速也是冒着很大的风险的。我国铁路弯道多，公路、铁路平面相交的道口多，提速需要更换的道岔多。这些都是影响铁路提速的不安全因素。

令人担心的还不只这些：铁路提速是为了追求效益，扩大市场份额，可现在铁路还处在亏损状态。提速需要大量投资，仅 1998 年 10 月 1 日的提速，全国铁路总投入就超过了 60 亿元。提速会不会增加铁路的负担？市场份额的扩大会不会增加亏损？

正是带着种种的担心，中国列车踏上了提速的新旅程。1994 年 1 月 1 日，"辽东半岛号"列车从大连出发，驶向辽宁省省会沈阳。最高运行时速突破 120 千米，风驰电掣般地撕开了中国铁路提速战略的序幕。

1996 年 4 月 1 日，沪宁铁路线开出了"先行号"提速列车，上海至南京的运行时间由原来的 4 个多小时缩短至两个半小时。与此同时，中国铁路首次开出了"夕发朝至"等新概念列车。7 月 1 日，"北戴河号"提速列车也从北京开出，驶往北戴河，时程缩短至 2 个小时。它们以大大方便旅客以及焕然一新的客车环境而赢得了旅客的欢迎。1997 年，中国铁路开始较大规模的提速。

在全世界已有 10 多个国家的铁路运行时速突破 140 千米。在亚洲，中国甚至落后于印度。1998 年 10 月 1 日，中国铁路开始冲击高速。当京沪、京哈、京广三大干线上的列车以 160 千米的时速驶向新的里程时，思想的禁区也随之被打破。

速度就是效益。提速打开了中国铁路发展的新天地。来自铁道部的消息说，修建京沪高速铁路的计划正在加紧进行，中国第一条标准的高速铁路有望伴随着新世纪的钟声动工兴建。

四

再让我们回到中国民航改革之初的那场争论。中国要不要发展航空公司？当时两种意见是这样，主张发展的正方人士认为，中国航空运输业要走多种发展之路，不能只由国家投资。

反方认为，民航是高度风险的行业，应该由国家统一管理，以免出现混乱。

民航的改革迟至20世纪80年代末才推行，不能说与这些争论无关。尤其是长期实行的政企合一的管理体制，使民航企业的责权利不能有机地统一起来，缺乏发展的活力和动力，不能调动地方、部门办民航的积极性，束缚民航事业的发展。

1988年春天，邓小平同志为中国国际航空公司题写名称。民航正式开始政企分开的改革。同时，实行投资多元化，改革机场管理体制，形成民航管理与地方管理相结合的管理模式，调动地方投资办航空公司建机场的积极性。

今天，中国航空运输公司已经发展到34家，其中，地方航空公司25家，成为国家民用航空的重要生力军。今天的问题也已经不再是要不要发展的问题，而是发展多少，怎样健康发展的新课题。

民航的客运量已达到5500万人次。中国民航在国际民航的地位已经从改革开放之初的第35位上升到第11位。以中国国际航空公司与美国西北航空公司实行"代码共享"合作经营中美航线为标志，中国的民用航空已经进入全新的发展阶段。

五

交通运输是国民经济的先行官。交通运输的发展程度直接影响着经济的发展。20世纪70年代中期，邓小平同志复出主持国家的经济工作时，深刻地认识到交通运输对国民经济发展的巨大推动作用。从铁路开始恢复国民经济秩序，这是当年的重大抉择。当年的交通"瓶颈"制约曾深深地影响了经济的发展，影响了人民的生活。今天，这一"瓶颈"正在解除。

但是，我们不能不看到，我国交通业从整体上来说，在世界上还处于落后地位。全国民用运输飞机拥有量为485架，还不及国外一家航空公司的拥有量；全国公路总里程为128万千米，只相当于美国的七分之一，高速公路只有人家的二十分之一。1993年夏天，汽车向西藏墨脱县开进，但毕竟环境太恶劣了，只开进了70多千米就不得不返程，"县县通汽车"的理想再次受阻。另外，铁路网络还很不健全。

在打破行业分割、地方保护，顺应统一的国家大市场，进行交通资源的优化配置以实现最佳的运输效益等方面，还有许多工作要做，除此之外，还要进一步贯彻党的解放思想、实事求是的思想路线……

为了拉动现实的经济发展，为了给新世纪提供充分的交通保障，中央决定加大基础设施投入，今后五年内给公路、铁路、民航的总投入近1万亿元人民币。这是史无前例的投资，中国交通正在开始新的里程。

筑向大海的世纪长虹 [*]

桥梁专家说，桥梁建设程度是一个国家经济水平与科技实力的象征之一。欧、美、日等国家在20世纪创造过世界桥梁建设的辉煌。但跨世纪的桥梁建设，正在中国大规模地展开。它为造桥技术的进步提供了难得的历史机遇，当今世界最先进的桥梁设计与施工技术都在中国。杭州湾大桥将是造桥史上的又一座丰碑。

——题记

伟大的时代孕育伟大的工程

伟大的工程折射伟大的时代

在世界屋脊上修建世界一流的高原铁路——青藏铁路；在太平洋东海岸修建世界第一长的跨海大桥——杭州湾大桥。这是当今时代两个同样具有伟大意义的工程。它们东西呼应，左右开弓，共同映衬着我们这个伟大的时代。

记者在采访、报道青藏铁路的时候，就一直关注着祖国的东海岸，关注着杭州湾大桥。8月初，顶着台风"麦莎"

　＊本文原载 2004 年 4 月 16 日《光明日报》，文中数字、机构单位以及人物职务和职称等信息均以当日信息为准。

的侵袭，记者终于有机会前往杭州湾大桥工地采访。

一下飞机，记者就在工地建设者的陪同下，驱车赶往大桥工地。展现在面前的杭州湾大桥工地，气势非凡。从南岸伸向大海的施工栈桥长达9千多米，大桥的桥墩、桥柱，就顺着这栈桥一点点一节节地从海里"生长"出来，凌波耸立，坚如磐石。虽然"麦莎"来势汹汹，但质量过硬的杭州湾大桥又一次经受住了台风的考验。据工程指挥部的工作人员介绍，大桥设计标准要求能抗12级台风，100年不动摇。

杭州湾大桥北起浙江嘉兴海盐，跨过宽阔的杭州湾海域，止于浙江慈溪，全长36千米。它是我国沿海公路大通道的重要组成部分，也是目前世界上已建和在建最长的跨海大桥，相当于15座美国旧金山金门跨海大桥。它的建设能进一步促进杭州湾地区的发展腾飞，提升整个"长三角"的经济实力。

工程于2003年11月4日开工，计划于2008年建成通车。桥面设计为双向6车道，设计时速100千米，总投资110多亿元。来自铁道、港湾、路桥等单位的24支队伍，6000多人奋战在杭州湾大桥沿线。他们以科技为先导，大力开展科技攻关，取得了丰硕成果。目前，工程进展喜人，已完成总工程量的40%以上。海上钢管桩基本完成，滩涂区和两岸陆上桩已完成60%以上。两岸及海上试验区段已开始架设厢梁。杭州湾大桥建设指挥部副总指挥金建明介绍说，在各路建设大军的共同努力下，在科技攻关的强有力支持下，大桥建设有望提前完成。

工程技术水平决定建设程度
科技创新推动大桥向大海延伸

杭州湾是世界三大强潮海湾之一,著名的钱塘大潮就发端于杭州湾内。复杂的区域性水文气候综合效应使得风、浪、潮、流等自然形态频繁交替出现,对施工产生极为不利的影响。湾内平均潮差 4.65 米,最大潮差 7.57 米,落潮流速达到每秒 1.5 米至 2 米,对水上施工和栈桥桥桩基造成较大的冲刷和顶托。大桥建设面临着风大、浪高、流急、小环境气候多变及复杂的地质构造、长大钻孔桩与下部结构防海水腐蚀、海底浅层天然气影响钻孔施工等诸多世界级的技术难题。

正是由于规模宏大,地理位置特殊,建设条件复杂,涉及专业众多,杭州湾跨海大桥成为世界级的超大型桥梁工程。它也是一项科技含量极高的工程。

面对杭州湾大桥施工的科技难题,大桥指挥部与国际桥梁组织开展合作交流。交通部、浙江省政府联合组建了大桥施工专家组。他们先后组织了科研、勘测、设计、施工单位及高校的 700 余名专家,进行了 120 余项专题研究,在波涛汹涌的海上完成了近 10 种桩型、数百根桩基试验,并在国内首次采用了全球定位系统(GPS)远程距离沉桩定位技术和先进的测试手段,依靠科技推进大桥施工建设。

杭州湾大桥的第一根 90 米长试验桩是在 2003 年 6 月 11 日开始浇铸的。它的成功与否直接关系到大桥施工方案的成败,业主、监理和新闻媒体倍加关注。导管安装好后,突然下起了大雨,中铁四局集团有限公司项目总经理甘百先、常务副总经理李学民等领导整夜盯在现场。大桥指挥部每隔一个小时打一次电话，询问施工进展情况。风大雨狂，挡不住建设者的脚步。到第二天早上7点，第一根桩历经8个小时顺利浇铸成功。风雨中，累了一夜的将士们人人脸上荡漾着成功的喜悦。

夏天的杭州湾，紫外线很强。腥臭的空气中富含氯离子，测量用的不锈钢直尺，3天就会锈迹斑斑。人在海滩上不到半天，胳膊和脸就被晒红、起泡、脱皮。在杭州湾施工，意想不到的困难接踵而至，时刻都在考验着广大建设者。

海上施工，制作混凝土用的淡水成了问题。海水淡化，成本太高。中铁四局技术人员就发明了海上打井技术，解决了难题。桥面下仰焊的员工作业空间狭窄，站坐不安，长时间半蹲着作业，腰酸背痛。他们背受烈日烤，胸前电焊烧，脚下钢板烫，很多人的工作服都烧出了洞。在青藏铁路和杭州湾都工作过的司机老潘深有感触地说：要说苦，数青藏；要说累，还得数杭州湾。

由于特殊的地质构造，杭州湾海底地层中有天然气层，大桥桩基必须穿过这段气层深入坚硬的地质层，才能站稳脚跟，大桥也才能顺利建设。他们翻阅国内外资料，进行科研攻关，在国内外专家的指导下，成功地探索出"预排预放，特殊问题采取特殊措施"的施工方案，保证了工程的顺利推进。

向大海深处筑桥，如何运送建桥材料？近岸处修建临时栈桥，海中央则依靠大型施工船只。使用寿命已达5年的9.44千米的栈桥是南滩涂区施工唯一的通道，它成了保障施工的生命线，无论是建设规模还是1.68亿元的投资，都堪称世界栈桥之最。中铁四局项目部成立了栈桥施工等 11 个科研小组，先后召开 30 多次技术讨论会，优化栈桥结构设计，提出了"三阶段设计理论"：桥面板采用模块设计方案，陆上加工，海上拼装，减少海上作业施工量，增强安全性，加快施工进度。2004 年 4 月中旬，30 多名国内资深桥梁专家齐聚宁波论证栈桥安全问题。与会专家高度评价了栈桥施工方案，并认为，它能为日后长大栈桥的设计、施工及运营安全提供了科学依据。

一道道难题就是一个个攻关的课题：施工中，曾经面临着 7 大科技难题：一是浅层天然气排放及施工；二是长大栈桥的施工及安全运营；三是运用网络系统建造世界第一座数字化大桥；四是全球定位测量系统在大桥施工过程中的运用；五是海上耐久性混凝土的研制及施工；六是海上长大钻孔桩施工；七是海上桥墩（台）施工。其中，浅层天然气排放和长大栈桥施工被大桥指挥部列为世界级科研难题。但这些难题都被中铁四局等建设单位的科技人员一一踩在了脚下。他们完成了 7 大类技术难题中的 34 个课题，取得了 15 项创新成果。

目前，大桥施工进度日新月异，科技创新成了整个杭州湾大桥顺利施工的关键。

科学管理推动工程建设
学习型组织为施工提供保证

从陆地江河桥梁施工向海洋桥梁施工转变是一个崭新的过程，参加杭州湾大桥建设的单位，很多都是第一次进行涉海施工。

面对海洋施工全新的课题，率先开进大桥工地的中铁四局项目指挥部提出了创建学习型组织的理念。他们在工地组建了职工技术夜校和业余党校，围绕建设一流大桥的目标，制定了学习型组织规划。学习新技术、新工艺、新知识。每次重大项目施工前，都要对所有参建人员进行技术培训，针对一些重大问题，反复研讨，集中智慧，优化施工组织方案，并使大家掌握技术要领。如钻孔平台方案就先后优化了五次。

"在重大工程中实现个人梦想，实现人生价值"是杭州湾建设者的信条，也是李学民这位教授级高工的追求。这位上海铁道学院桥梁专业毕业的专家，曾负责津浦铁路蚌埠淮河特大桥工程建设。这一工程荣获了国家优秀工程奖。

开进杭州湾大桥工地后，他带领一班技术人员，制定了"以人为本、安全为限、质量至上、科技开路、技术先行"的项目实施目标。在深入研究了海上作业程序之后，他们将施工分为海上前方作业与陆上后方作业两大部分。前方施工尽量简单化、机械化、拼装化，减少海上作业时间，确保工程质量。后方作业追求工厂化、模块化、标准化、流水化，重在提高工效，提高安全效益。

涨涨落落的潮汐是施工管理中首先需要面对的课题。施工现场就实行 24 小时"三班倒"作业，每班都要及时记录潮汐情况，经理部根据潮涨潮落的规律合理调整工序，精心调配劳动力，充分优化工程各部位结构的施工工艺，缩短单位工程施工循环周期，使施工进度不断加快。

针对试验段科研任务多的特点，中铁四局经理部成立了科研小组。这群平均年龄只有27岁的技术人员，以初生牛犊不怕虎的劲头，担负起了杭州湾大桥多项科研的落实、验证任务，在大桥正式施工之前，积累现场施工技术管理经验与试验数据。第一次参加大规模、高技术世界级桥梁施工的一分部工程部长张万虎负责制定施工组织方案。在拥挤的集体宿舍里，他几乎每天加班加点到凌晨3点。

为保证栈桥钢管桩施工不受涨潮影响，技术人员自行设计了装配式悬臂导向定位打桩架，使钢管桩能够快速、准确打入；采用桩底压浆技术，对机具的选择、浆液的配置、管理的畅通、压浆的终止条件等逐项优化，使持力层达到标准强度；承台采用吊箱围堰，解决了钢围堰加工和制作过程中的一系列技术难题；采用长线法工艺加工制作长大钢筋笼，自行设计制作了长大钢筋笼卷制机；桥面铺装采用模块化施工，既加快了进度，又降低了成本。

随着工程向深水区推进，桥梁桩基由81米猛增到100米，工艺技术变化，施工难度增加。7月14日，项目指挥部在现场召开了"深水区钻孔桩施工工艺论证会"，30多名技术人员参加。大家围绕快速施工、实现大吨位吊装作业等问题展开了技术交流，直到每个人员都掌握了技术要领才休会。而此前，指挥部已经邀请包括国家桥梁设计大师王用中、同济大学国家混凝土实验室主任张雄教授在内的国内桥梁建设专家进行了10多次专题论证。

正是这种科学管理、不断学习、勇于创新的科学精神，为确保大桥施工创造了条件。"立功竞赛""党旗飘扬在杭州湾"等党政工团组织的活动更进一步调动了广大参建者的积极性。去年"五一"时节,中铁四局项目部由于贡献突出,荣获了全国"五一劳动奖章",成为杭州湾大桥工程建设者的骄傲。

建一座世界级大桥,出一批优秀人才,拿一批国家专利,争获国家科技进步奖和鲁班大奖,是大桥指挥部的目标,也是全体参建者共同努力的方向。

杭州湾内,一座世纪长虹正在向着大海延伸。这是希望之桥,这是科技之桥。当双 A 形状的主跨凸起于万顷波涛时,一个新的世界纪录就将在中国、在这里诞生!

IT 业的春天还远吗 *

一

诗人说，冬天来了，春天还会远吗？可全球 IT 业的老总们说，冬天来了，春天还不知道有多久。以美国 IT 业的萎缩为代表，"冬天效应"沉重地打击了以高新科技为支撑的新经济，纳斯达克指数一路失败大逃亡，令人不寒而栗。

三年前，华为技术有限公司总裁任正非写了一篇预言式的文章，告诫人们，IT 业的冬天正在来临。不幸被他言中，IT 业的冬天不仅来了，而且来势凶猛，犹如多米诺骨牌——全球 IT 界刮起可怕的冬风。

任总裁在文章中提醒自己的员工要做好越冬准备，及早寻求新的出路。他的判断力与预测力使华为减少了"冬天效应"。尽管现在华为也面临了一些压力，但正如世界所看到的一样，中国 IT 业还是风景这边独好！

不仅中国的信息产业营销继续走强，全国电话用户总数突破 4 亿，手机用户迅速上升为全球第一，增速不减；中国的信息产业制造业也在迅速崛起，特别是中国手机生产量

＊本文写于 2002 年 12 月 20 日，文中数字、机构名称、人物职务和职称等均以当日信息为准。

迅猛增长，市场占有率已经从一年前的10%上升到现在的近30%，中国手机制造业正在这个冬天里迅猛提速，准备与外国品牌的手机在来年进行生死决战。经济学家吴敬琏日前说，世界信息产业增速下降，为中国信息产业发展带来了技术与人才两大历史性机遇。其实，信息制造业的高歌猛进更是中国信息产业逆流而上的一个生动体现。

二

中国是个大市场。这个市场不仅是中国的，也是世界的。然而就信息产业而言，这句话应该倒过来说：中国信息产业市场不仅是世界的，也是中国的。只有这样，我们才能正确看待中国信息产业从制造业到运营业的崛起。

遥想当年，中国电话交换机七国八制，后来就逼出了04机、08机……逼出了一个交换机产业与"巨大中华"四朵金花。回顾中国手机市场，当摩托罗拉、诺基亚、爱立信三强瓜分市场的时候，中国自己的信息制造业面临多大的屈辱：自己国家的市场上没有一款自己的产品，消费者为了手机机壳裂缝、黑屏等问题和手机厂商打交道时，还要看人家的脸色。一位武汉的消费者因为一款新购的外国手机修了两个多月，不堪其累，甚至想上演一场怒砸手机的活剧。

中国的手机何时才能进入自己的市场？这是多少人热切的呼唤。我们已经加入世界贸易组织，我们不想抵制外国产品，但我们可以有选择使用自己国家产品的权利，我们有长自己国家工业志气的义务。当年，韩国人为了发展自己的汽车工业，不就是不动声色地让自己国家的汽车满大街跑吗？

应该说，外国几个品牌在中国市场已经赚取了足够的利润，他们应该更多地回报中国消费者了。他们从中国市场拿走了多少利润，赚取了多少资本，这在他们是商业机密，每每有人问及此事时，他们绝对是"顾左右而言他"。你爱言什么言什么，中国的手机制造业终于揭竿而起了，用了短短的三年时间，就已经形成了一道亮丽的风景，今年产量将达到1.1亿部。48张手机生产牌照已经远远不够，国产手机正在争取更多的牌照，争取更大的发展空间。

看看前不久中央电视台广告招标时那些精彩的演出吧！南京熊猫以超过一亿元的资金成为明年的广告王，南方高科以近6000万元的投入拿下了明年央视三个黄金时段的段位。虽然结果如何尚无法预知，也许还会有风险，但一点却是可以肯定的：外国品牌是不会像那样在中国媒体上大量投资的。

三

中国信息产业的发展是举世瞩目的。信息产业部部长吴基传日前在香港举行的"2002亚洲电信展"开幕论坛上表示，中国电信业的健康发展得益于稳健务实的政策。

他说，近年来世界电信业剧烈动荡，由持续十多年的快速增长滑向萧条。然而，中国电信业始终保持了快速健康的发展，自2001年以来，在许多国家电信业持续低迷的情况下，中国电信业一直保持了15％以上的增长速度。目前中国固定电话和移动电话用户已逾4亿户，互联网用户达4587万户。

来自海峡彼岸的消息说，台湾地区信息硬件产品制造大厂重心正在西移，预计今年移往祖国大陆制造的硬件产品比例高达 46.9%，高于去年的 36.9%，明年比重将进一步上升到 60%，产值将突破 300 亿美元。

目前，包括台式电脑、笔记本电脑、主板、CDT 显示器、光碟机和数码相机在内的半数台湾硬件产品已经移到祖国大陆，祖国大陆已取代台湾成为全球信息硬件的"制造重镇"。

与中国发展状况不同的是，全球信息产业发展出现滞胀。世界电信公司等经济丑闻暴露了美国会计制度中的黑洞，使处于冬天状态的世界信息产业雪上加霜。本来年初一些国际机构预测，世界信息产业今年年底开始复苏，现在看来，这一预计又一次落空了。有新的分析说，明年是世界经济发展的谷底，全球经济明年年底才可能复苏。但有一点需要加进分析之中，这就是美国可能发动的对伊战争，战争将刺激美国国内经济的发展，但可能会抬高国际油价，对世界经济走势产生不可估量的影响，很有可能加剧"冬天效应"。这是个漫长的冬天！

然而就是在这个冬天里，中国信息产业紧紧抓住这一难得的重要机遇期，负重前行，在 3G 上成功地进入国际标准。现在我国 863 通信技术主题专家组正在夜以继日地紧张工作，以期能在第四代通信技术（Beyond 3G 或称 4G）上取得重大突破，争取为下一个十年订立出新的世界标准。

但从辩证的角度说，正在上升阶段的中国信息产业也还是要谨慎行事。冬天的震波也在削减我们的增长率。大唐的 3G 标准应用靠自己撑不住了，于是有了 TD-SCDMA 企业联盟；华为、中兴的发展今年也多少受到了信息产业冬天的影响；国产手机尚没有掌握核心技术，也没有形成真正意义上的规模效应……我们还是期待着，IT业的这个冬天早点过去，新的春天快快来临吧！

"传邮万里，国脉所系"*

——新中国邮政五十年回顾

　　"传邮万里，国脉所系。"新中国 50 年的邮政发展历程，是新中国发展的形象缩影。小小邮票承载着共和国历史的脚步，记载着历史的风云；电话、电传、数据传输等电信业务诉说着共和国成长壮大的历程，演奏出一篇篇新中国的辉煌乐章……

　　新中国成立前，中国邮政通信网点少、基础差、能力弱；业务种类单一；邮政生产设备陈旧，技术含量低，效率低下。

　　全国除西藏和台湾外，只有 26328 个邮电局所，每个邮电局所平均服务面积 364.6 万平方千米，平均服务人口 2.1 万人，业务种类仅有函件、包件、汇票等几种。年人均函件量 1.1 件。全年邮政业务总量 1.35 亿元，邮政业务收入 6208.8 万元。

　　之后 50 年，中国邮政面貌焕然一新，网络规模、技术层次和服务水平都发生了质的飞跃，呈现出持续、快速、健康发展的良好局面。全国近 48 万邮政员工为占世界四分之

---

　　*本文原载 1999 年 8 月 23 日《光明日报》，合作者周立文，文中数字、机构名称以及人物职务和职称等均以当日信息为准。

一的人口提供了良好的邮政通信服务，邮政的建设和发展初步适应了国民经济的发展，基本满足了人民生活的需要。

据统计，现在邮政局所总数比新中国成立初期增加了3.2倍，邮政局所达到84134个，并且拥有各类邮运汽车3.3万多辆、火车邮厢593辆、轮船95艘、邮运飞机3架。全国邮路共2.3万多条。人均函件量达到6件，与1949年相比增加了4.5倍。

世界上规模最大的邮政网络

全世界现有邮政员工600万人，邮政局所70多万个。在这个大盘子中，中国邮政占有重要的地位。据统计，目前，全国邮电职工近48万人，全国邮路总长度达285万千米，基本形成了航空、铁路、公路、水路等快速邮政运输网络。人们欣喜地看到，一个四通八达、覆盖全国、联通全球的世界上规模最大的邮政网络已经伴随着新中国成长的脚步顺利建立。

从1992年开始，中国邮政对邮政网络运行体制进行了改革，实施中心局分拣封发体制，以减少经转层次，提高邮件传递速度。到1998年年底，全国省会城市和直辖市城市的35个邮政枢纽已全部投入运行。邮件传递速度及邮件处理的准确率也随之提高。

伴随着干线邮运网的建设，中国邮政业务大踏步前进。在报刊发行、邮政储蓄、集邮等众多领域不断开拓。据统计，全国邮政年发行报刊210亿份，占全国报刊发行总数的60%左右；邮政储蓄业务，1998年达到3133亿元，市场占有率仅次于工、农、建、中四大银行，名列第五；汇兑业务也获得了同步增长，年兑付汇票 2 亿多张，还与美国、瑞士、泰国等 17 个国家开通了汇票互换业务。各地邮政部门还根据本地情况，竞相推出特色服务，如邮购、代收税费、礼仪电报与汇款，以及电子照片专递等业务。

我国的集邮事业健康、稳步地发展，集邮者多达数千万人，集邮业务成为中国邮政业务的一个重要组成部分。

中国邮政大步走向世界

改革开放以来，我国与世界邮政网的联系与合作越来越紧密，国际邮政业务逐年上升，中国邮政开始大步走向世界，目前已与 150 个国家和地区建立了直接通邮关系。

以国际航空函件为例，1983 年以来，出口平均年增长 7.62%，进口平均年增长 12.53%。至 1998 年年底，我国国际邮件的互换局和交换站总数达到 44 个，国际函件和包裹可以通达世界各个角落，与 96 个国家和地区建立了国际特快专递业务，国际特快专递也可以通达近 200 个国家和地区。

与此同时，中国邮政在其他领域也加强了国际合作，先后与美国、马来西亚、法国、泰国等 18 个国家和地区开办了国际邮政汇兑业务，与法国、泰国、瑞士、瑞典、新加坡、加拿大、美国等国家联合发行了 13 套邮票。中国邮政的国际双边、多边交流不断拓展，开办了世界范围内国际商业信函回函业务，还与美国开办包裹托运、全球优先函件业务，与欧洲所有国家、美国、澳大利亚开办了空运水陆路函件及包裹业务。

此外，在传统信函、包裹业务量下降的情况下，邮政部门十分注重开发信息时代的国际邮政业务。除国际特快专递业务外，还办理国际电子信函业务、国际特快送款业务、国际特快专递的收件人付费业务，以及其他超常规收寄业务等。到1998年年底，全国电子化支局总数已达8000个。

塑造中国邮政新形象

服务是中国邮政的宗旨。然而，真正领悟到服务关乎中国邮政兴衰成败、与每个邮政职工休戚与共的含义，却是在改革开放以后。

随着计划经济体制向市场经济体制转轨，一直高枕无忧的中国邮政不断遇到新的冲击：电话、网络的快捷方便，使电报业务日渐萎缩；一些报刊建起投递批销自办发行，使得在邮政收入中占据相当比例的报刊发行业务量下跌；铁路、民航等加盟快递业务，直接影响了邮政包裹业务的发展……

面对挑战，中国邮政职工认识到：邮政要发展，就要走向市场，提高服务质量，提高科技水平。"树邮电形象，创优质服务"活动，使邮政服务水平有了明显提高。不久前，国家邮政局向社会散发了10万份问卷，群众综合满意度达到82.16%。

国家邮政局局长刘立清说，面对未来，面对信息时代，我国邮政的出路在于改革，前途在于发展。第22届"万国邮联大会"是世界邮政界的盛会，它给国内同行提供了一次难得的学习与交流机会，也是中国邮政深化改革、走向世界的良好契机。通过全体职工的共同奋斗，中国邮政的前景会更加美好。

刘立清认为，当前，中国邮政面临的状况是机遇与挑战并存，困难与希望同在。一方面，行业亏损增加，去年达到142亿，而且邮电分营以后，中国邮政在物质基础和经济实力上出现短暂困难。另一方面，中国邮政的传统业务，如信函、包裹、报刊发行等，均遇到市场竞争的困难。面对内忧外困，中国邮政在管理体制上又表现出明显的不适应。

但也应该看到，中国邮政有着其他行业无可比拟的优势，如良好的信誉，覆盖全国、联通世界的网络，以及集实物运输、计算机网络和金融于一身的"三流合一"服务功能等，特别是近50万邮政职工不断进取的饱满精神状态，为中国邮政赢得下个世纪奠定了基础。中国邮政3年扭亏为盈的奋斗目标一定能够实现。

刘立清指出，邮政是一个公益性很强的行业，它要在为全社会提供最普遍服务的同时，按照商业化运作，以维护自身良性运转。因此，深化改革、提高中国邮政的现代化水平势在必行。

中国邮政的现代化之路怎么走？这是大家普遍关心的问题。刘立清介绍说，目前中国邮政的现代化建设主要从以下几个方面着手。一是网络现代化。正在加紧进行的邮政专用计算机网建设，不仅能给邮政的传统业务提供强大支撑，还将在呼叫业务、电子商务等方面培育新的增长点。二是邮件处理手段现代化。通过对邮政机械的技术改造，增强邮件分拣、传送效率。三是管理现代化。变过去的粗放管理为科学管理，并在规章、财务、用工制度等方面进行一系列改革。

四是人才现代化。通过人才工程的实施，提高邮政队伍的整体素质。

刘立清说，我们必须从国情出发，抓住时机，加快增长方式的转变，跟上信息时代的步伐，以优质服务、发展现代化邮政和满足社会需要为目标，树立中国邮政的新形象，确立我国邮政在世界邮政中应有的地位。

为奋进中的中国加油 *

——"神威一号"三千亿次高性能计算机研制运行追记

档案

"神威一号"——中国制造的高性能计算机，于 1999 年
8 月问世，其峰值运行速度为每秒 3840 亿次，在当今全世
界已投入商业运行的前 500 位高性能计算机中排名第 48 位，
能模拟从基因排序到中长期气象预报等一系列高科技项目的
实验结果。它的成功研制，使我国继美国、日本之后，具备
了研制高性能计算机的能力。中国的科学研究与经济建设将
因此而有了一道神奇的力量……

发愤图强综合国力大较量

高性能计算机的研制与开发能力是一个国家综合国力的
重要标志之一。它在航空航天、气象预报、石油勘探、信息
研究、生命科学、材料工程和基础科学研究等方面都具有重
要的意义。它不仅能大大提高运算速度，更重要的是能够通
过高级运算，达到常规计算所不能达到的实验结果，加快科
研开发与研究速度，促进国民经济的发展。

---

　　* 本文原载 2000 年 7 月 26 日《光明日报》，文中数字、机构名
称、人物职务和职称等信息均以当日信息为准。

目前，世界高性能计算机基本上为欧美等发达国家所控制，在前500强中，美国、加拿大占据了60%，欧洲占26.8%，日本占11.2%，其他国家仅占2%。

不久前，美国成功研制了峰值运算速度达到每秒12.3万亿次的超级计算机，而在此之前，世界高性能计算机最高运算速度为每秒32070亿次。这些高性能计算机技术及其产品，是欧美发达国家严格控制的对象，对其他国家实行禁运。

据了解，目前，发达国家开放的高性能计算机民用项目最高运算速度为每秒120亿次，军用运算速度为每秒70亿次。我们要掌握高性能计算机的主动权，提高高性能计算机的研制应用能力，就必须发愤图强，走自主开发之路，靠等等不来，靠别人施舍施舍不来。中国气象局曾经从美国引进了一台700多亿次的计算机，是专为气象预报服务的，但使用过程要严格接受人家的监督。就这个结局，还是两国领导人达成协议的结果。

高技术的竞争本身就是一场没有硝烟的综合国力的较量，谁拥有先进的技术谁就掌握主动权！

自主开发神机妙算建奇功

面对国民经济发展的迫切需要，面对国际计算机发展的趋势，国务院决定研制高性能计算机，国家计委于1998年正式下达了研制3000亿次并行计算机系统的国家级重大研究课题。

目标很明确：在长期技术积累的基础上，自主研制高性能计算机，打破国际封锁，适应国民经济发展的需要。

国家并行计算机工程技术研究中心承担了这一重大而紧迫的任务。

研制的过程是艰苦、紧张而又激动人心的，从接受任务到拿出成型的产品，其间只有短短的一年时间。

365个不眠之夜，凝聚了中国科学工作者为祖国争光，为现代中国争气的拼搏精神与尊重科学、尊重知识的科学精神。

1999年9月，得知中国3000亿次计算机研制成功的消息，江泽民总书记欣然命笔，为我国的高性能计算机题名"神威"，欢庆这一高科技新成果的诞生！

国务院向科学工作者发出了特别贺电，祝贺中国3000亿次计算机的降生。9月24日，李岚清副总理来到中国气象局，代表党中央、国务院向科学工作者致以亲切的问候。

"神威一号"降生之时，恰逢中华人民共和国成立50周年大庆来临之际，党和人民要检阅这台神威计算机的神奇力量——

就是在这台计算机上，科研人员为李副总理生成了50周年大庆当天首都北京长安街的天气状况，精确度达到方圆5千米。

就是利用这台计算机的科研成果，9月30日午夜，中国气象局的领导向江总书记准确地预告了10月1日的天气变化情况。

当黎明的豪雨随朝霞飘然而去；当庄严的阅兵大典开始，一抹秋阳穿云破雾洒向天安门城楼的时候……"神威一号"的研制人员放心地笑了。秋云飞渡，神机自有妙算。

"神威一号"，闪亮登场，果然气度不凡，它为盛大的庆典如期举行立下了汗马功劳。

梦想成真科研开发显身手

带着国庆建功的骄人战绩，"神威一号"凭借自己的不凡身手，向着科学研究和国民经济建设的主战场奋勇挺进。

集合数值天气预报系统，是中国气象局科研借助"神威一号"开展的一个重要课题。天气预报，从一定程度上说，就是利用科学天气演变样本加以综合分析，得出的一个概率性的结果。样本越多，预报的概率准确度也就越高。

随着国民经济的发展，社会对中长期天气预报的需求越来越高，预报早一天就有一天的效益。特别是对灾害性天气的及早预报更能为人们提供防御的时间。

以前，限于技术条件的制约，我们做全球天气预报只能做一个样本，哪怕利用美国进口的 700 亿次计算机也只能做 8 个样本，预报 7 天的天气。

"神威一号"的问世，使气象工作者有了高性能计算的手段。在神威机的帮助下，他们成功地做出了 10 天天气预报，并正在向更长期的预报而努力，其精确预报范围缩小到方圆 5 千米，形象地说，北京西城刮风、东城下雨，"东边日出西边雨"的情景预报已经成为现实……

还记得前不久轰动世界的人类基因组测序计划提前完成的科学成就吗？

中国科学家有幸成为这一伟大科学成就与历史进程的参与者。就在这一计划顺利推进的同时，作为现在测序的补充，中科院生物物理所利用"神威一号"进行了"人类基因电脑克隆系统"的研究。这一归属于生物信息学基础理论课题的研究工作，也是国家自然科学基金资助的重要科研项目。

在神威机上，科学家们成功地运行了250多个小时，拼接了全长的基因特征序列表达式，从中得到了人类上千条cDNA，进而可能得到数百条新基因候选序列，完成了心脏基因克隆运算，使我国的基因科学研究达到了国际水平，使中国基因研究在人类基因研究中占有了一席之地，从而大大提高了我国的国际竞争力。

正如国家计委高技术司副司长綦成元所说，神威计算机，使我们有能力做成了许多过去想做而无法做的事，极大地提高了我国的科学研究能力。

纵横驰骋风风火火闯神州

"神威"的故事三天三夜也说不完。这里，我们不妨再记述几件"神威一号"参与国民经济建设的趣事。

石油勘探是一件苦差事。聪明的科学家们发明了"地震找油"的方法，大大提高了找油的速度和效率。

所谓"地震找油"，就是在指定的地区，通过人工放炮，制造地震，然后采用仪器接受地震波，进而分析波动找出石油的一种方法。这当中，有大量的数据需要分析、处理，过去在亿次机上要10年才能得出结果，速度慢，时效差。

而今在"神威机"的帮助下，石油天然气公司物探局的科研人员在辽河油田石油勘探中开发出了地震成像并行处理系统，实现了大规模地震数据三维成像处理，仅用10个小时就得出了结果。这就大大提高了钻探成功率，降低了勘探风险。

新药的研制开发是国际公认的周期长、耗资大的工程项目。一般的新药研制起码要三五年，甚至十年时间。化学试验、动物试验、临床试验……十分费时费力。

中国科学院上海药物所的科研人员利用"神威机"进行新药青蒿素的研制。在"神威机"上模拟化学、动物试验，模拟药物在人体内的反应……筛选了20万个分子，这在过去要花好几年时间，现在只花了3个月，大大加快了筛选速度，让科学家对加快新药研制有了信心。

尾声

国家计委副主任张国宝指出，"神威机"的问世，打破了西方发达国家在高性能计算机领域对我国的技术限制，为我国科学研究和国民经济建设提供了一个重要的高技术手段，使我们得以完成许多过去想做而无法做成的事情。

"神威机"问世一年并成功运行证明，中国有能力开发，也能成功地应用高性能计算机。

目前，国民经济建设各部门、科学研究各单位都有许多重大课题需要高性能计算机进行研究开发，这是我们国家充满活力的重要标志。但同时，我们也要看到，不可能大家都去投资开发高性能计算机。国家已经依托中国气象局，组建了高性能计算机应用中心，这个中心将向全社会开放，以加快高性能计算机应用开发的步伐，为向着现代化奋进的中国加油、助威……

写在大地上的辉煌诗篇 [*]

新闻背景

10 年前 1991 年的 4 月 17 日，国务院向全国发出通报，授予国家测绘局[1]第一大地测量队"艰苦奋斗、无私奉献的英雄测绘大队"光荣称号，并号召全国各条战线向他们学习，为建设社会主义现代化强国建功立业。江泽民总书记、时任国务院总理的李鹏同志也分别为一大队题词。4 月 26 日，国务院在中南海召开了隆重的表彰大会。随后，根据国务院的安排，为祖国经天纬地的英雄测绘队员在全国进行了长达一个多月的巡回演讲。

本报曾以"永不消逝的觇标"为题，对英雄的业绩进行了详尽的报道。一时间，测绘英雄感人肺腑的事迹传遍大江南北，成为激励人们团结奋斗的精神动力。

转眼间，10 年过去了，英雄测绘大队境况如何？他们的工作怎样？队员的生活条件改善了没有？工作条件改进了多少？

带着这些感兴趣的话题，记者再一次来到古城西安，重

＊本文原载 2001 年 4 月 25 日《光明日报》，文中数字、机构名称以及人物职务和职称等信息均以当日信息为准。

[1] 现已并入自然资源部。

访英雄测绘大队。

春天的咸阳古道，早已建成高速公路。路旁，麦苗青青，菜花黄黄；路上，车轮滚滚，游客纷纷。在从机场到一大队队部的汽车上，记者就急切地问前来接机的陕西省测绘局的周建勋同志。

"10年了，一大队有什么突出的变化？"

他脱口而出："变化起码有三点：一是测绘技术已从传统测绘向现代测绘转变，一大队拥有了一批世界一流的先进测绘仪器、设备，效率大为提高；二是在测绘市场开拓方面迈出了重要的一步，去年全队产值超过1000万元；三是对国家测绘事业的贡献更大了，承担了一批国家重大测绘任务，在西部大开发和信息化建设中发挥了重要作用。"

走在西部大开发的前列

放下行装，我急切地走向了一大队队部。

昔日破旧的办公楼房，老旧的吉普车、卡车不见了，展现在我面前的是焕然一新的办公楼房。整洁、美观的院落中，停放着一排擦洗一新的厢式作业车。

新任大队长白贵霞告诉我，这座大楼是在国家测绘局的支持下，大队自筹500多万元刚建起来的科技办公大楼。我看到办公室内都装上了电脑，六楼还建起了数字化生产车间。加盟一大队的大学生、研究生们正在进行数字测绘工作。他们给这座大楼起了一个现代气派的名字——"大地数码港"。

厢式作业车是为了适应新的测绘任务而配备的。有了它，不仅增加了野外作业的相对舒适性，也提供了一个相对宁静的休息环境。

10年来，一大队承担了国家骨干地理网的测绘任务。在国家"九五"重大测绘项目——中国地壳运动观测网络监测中，一大队承担了最艰苦的西部无人区的测绘工作。在"世界第三极"喜马拉雅山的监测中，一大队队员又两上珠峰，为研究地球板块运动提供了权威数据。在2000国家重力基本网重新布网中，一大队队员在西部加大了布点密度，为西部的发展提供了第一手资料……

采集西部地理数据，记录坐标、高程、重力的新变化，一大队把自己主要的精力投放到了西部的测绘工作中。近三年来，他们每年都有100多人在西部默默地工作着。

人们说，测绘是经济建设的尖兵，而一大队代表的基础测绘则是尖兵中的尖兵。他们走在了西部大开发的前列！

搏击市场经济大潮

一大队，是从事大地水准、重力等基础测绘的国家队，是为大地地形提供经纬、高程等基础数据的专业队伍。

由于长年在野外劳作，工作任务重，经济效益差，被国务院表彰的那一年，一大队负债70多万元。

被国务院表彰以后，一大队没有在荣誉中陶醉，他们考虑得更多的是如何再创佳绩，尤其是如何在提高经济效益、改善职工的生产生活条件方面开拓新天地。

被国务院表彰的第二年，小平同志视察南方的讲话发表，全国改革开放进入了一个新的阶段。一大队果断地抓住机遇，勇敢地闯进了市场经济的大潮中。

他们结合市场需要，发挥自身优势，大胆推进队伍结构调整和产品的更新换代，组建了适应市场需要的快速反应部队——数字化测图队、精密工程测量队、地理信息工程部等队伍。

当在野外艰苦条件下奋斗惯了的测绘队员，走进城市进行工程测量时，犹如游鱼归海，轻松自如。

西安大雁塔向西北方向倾斜1米多，会不会继续倾斜？要不要加固？陕西韩城电厂地形变化会不会影响电厂安全？天津新港地形变化会不会影响生产？社会的需要为一大队开拓市场提供了用武之地。

他们抽调技术人员实施长年跟踪监测，光在大雁塔就布设了120多个监测点。在韩城电厂布设了高精度的监测网，被专家称为"天下第一网"。多年监测结果显示，大雁塔有所回位，并相对稳定；电厂地形变化，近期不会造成大的影响；天津新港形变也在可控范围内……

经过10年市场的磨炼，一大队先后在深圳、珠海、上海、天津、韩城、中山等地建立了稳固的对外协作基地。1996年，还走出国门，把测绘市场拓展到了巴布亚新几内亚这个南太平洋岛国。10年来，一大队共完成了100多项市场测绘项目。去年年底，大队产值突破1000万元，顺利完成"九五"规划目标，全队人均收入从10年前的2700多元猛增到去年的1.56万元，增长了5倍。

为"数字中国"打基础

20世纪最后10年，科学技术突飞猛进，信息化浪潮推动了经济全球化的发展。数字地球、数字中国相继提出并开始运作。

一大队在国家测绘局的支持下，购置了世界最先进的绝对重力仪、全站仪、远程激光测距仪等测绘仪器、设备，开始了信息时代的工作。

他们先后承担了国家1:1万、1:5万数字高程模型，全国大地水准面，全国一等水准网等重大测绘任务，并成功地参与了全国全球定位系统网络测绘大会战。

这些工作的主要目的是：准确描绘今日中国地形、地貌的现状，为社会发展和经济建设提供第一手的基础资料。它们是信息时代的基础数据，是中国信息高速公路的基础材料，更是数字中国的基础。

陕西省测绘局局长宋超智自豪地告诉记者，如果说，在其他许多领域我们还要赶超世界先进水平的话，那么，在测绘领域，我们可以毫不夸张地说，中国的测绘科技与测绘水平早就走在了世界的前列。

就在一大队所在的陕西省测绘局，世界先进水平的数字化生产基地已经建成，这里每年都要为日本等发达国家制作地理影像资料；世界一流的国家数码科技园即将启用。

在建设信息化的新征程上，英雄测绘大队的队员们正在顽强地努力着、奋斗着。他们用自己经天纬地的工作，在大地上抒写着辉煌的诗篇。

跋

"人生到处知何似，应似飞鸿踏雪泥。泥上偶然留指爪，鸿飞那复计东西。"东坡先生的这一首《和子由渑池怀旧》诗，写人生，叹人生，颂人生，示人生。

吾将飞鸿踏雪时留下的一些性情文字整理归纳，绝大多数是已经见诸报端的印迹。

这些凝聚着历史记忆与生命气象的文字，是对过往岁月的祭奠，更是对俱往矣的缅怀。

这些凝结着青春记忆与生活真实的文字，既有年终岁首的感悟，也有跋山涉水的感动；既有记者采访时的风云文字，也有深入生活的采风意象。

激情燃烧的岁月里，青春的印迹随风而去，唯留下这些个片文断章，成为历史长河上泛起的涟漪碎浪，聊以告慰如斯夫的逝者。

所幸，这些文字记录的中国改革开放中的片片风景，留存了一个伟大民族爬坡过坎的奋斗历程，折射出复兴伟大文明的光荣与梦想。

上古结绳记事，开启人类文明征程。无论男女，不分种族，识文断字，读书写作，乃文明进步的不二途径，是人类成长衍生的必由之路。文字与文化、与文明关系密切。

文章千古事，得失寸心知。但存风云字，坦荡寄人生。是为跋。

2017 年夏于北京

图书在版编目（CIP）数据

中国风景：一个记者的新闻漫记 / 陆彩荣著 .
—杭州：浙江大学出版社，2018. 10
　ISBN 978-7-308-18662-9

　Ⅰ.①中… Ⅱ.①陆… Ⅲ.①散文集－中国－当代
Ⅳ.① I267

中国版本图书馆 CIP 数据核字（2018）第 221052 号

中国风景：一个记者的新闻漫记
陆彩荣　著

责任编辑	周红聪
文字编辑	陈淑仪
责任校对	孙　鹛
出版发行	浙江大学出版社
	（杭州天目山路 148 号　邮政编码 310007）
	（网址：http:// www.zjupress.com）
印　　刷	北京中科印刷有限公司
开　　本	880mm × 1230mm　1/32
印　　张	9.25
字　　数	192 千
版 印 次	2018 年 10 月第 1 版　2018 年 10 月第 1 次印刷
书　　号	ISBN 978-7-308-18662-9
定　　价	62.00 元